Jann van den Bosch

WINTERTOD

Jann van den Bosch

WINTERTOD

»Professore« Aalmanns erster Fall

KRIMI IM
GMEINER-VERLAG

Bibliografische Information
der Deutschen Bibliothek
Die Deutsche Bibliothek verzeichnet diese
Publikation in der Deutschen Nationalbibliografie;
detaillierte bibliografische Daten sind im Internet
über http://dnb.ddb.de abrufbar.

Besuchen Sie uns im Internet:
www.gmeiner-verlag.de
www.jann-van-den-bosch.de

Im Ehnried 5, 88605 Meßkirch
Telefon 07575/2095-0
info@gmeiner-verlag.de

1. Auflage 2005

Lektorat: Claudia Senghaas, Kirchardt
Umschlaggestaltung: U.O.R.G. Lutz Eberle, Stuttgart
Foto: pixelquelle.de
Gesetzt aus der 11/14 Punkt Stempel Garamond
Druck: Fuldaer Verlagsanstalt, Fulda
Printed in Germany
ISBN 3-89977-624-0

Dieses Buch ist ein Roman. Handlung und Personen sind frei erfunden. Sollte es trotzdem Übereinstimmungen geben, so beruhen diese auf Zufällen, die das Leben schreibt.

1

Das Telefon begann ungeduldig zu klingeln. Es war ein neues, schnurloses Gerät, dessen schrillen, synthetischen Ton er bis vor nicht allzu langer Zeit nur aus amerikanischen Krimiserien der siebziger Jahre gekannt hatte. Es irritierte ihn immer noch, dieses Geräusch. Für ihn gehörte es irgendwie nicht hierher, so dass er nun immer erst mit einiger Verzögerung das Gespräch entgegennahm.

»Ja. Wer spricht?«, meldete er sich endlich. Seinen Namen nannte er nur, wenn er selbst telefonierte oder im Büro angerufen wurde.

Ganz zu Beginn hatten die Anrufer nicht so viel Geduld mit ihm gehabt, oft hatten sie bereits aufgelegt, wenn er nach mehrfachem Klingeln endlich den Hörer in die Hand nahm.

Es war Robert Fabinger, sein nur um wenige Jahre jüngerer Kollege, der sehr munter wirkte.

»Schluss mit der schnöden Langeweile, Professore! Oder, stellst du gerade was Tolles an? Na, eher nicht, hm? Wie auch immer, du hast keine Wahl. Ich hol' dich ab, es geht wieder los. In 'ner Viertelstunde, bei dir unten am Eingang. Bis gleich.«

Die Bezeichnung Professore verzieh Bernard ihm nur, weil Robert sie diesmal korrekt ausgesprochen hatte. Seine Liebe zu Italien war gemeinhin bekannt. Aber dieser kleine Lehrauftrag unlängst, auf den sich sein neuer Spitzname gründete, war nun wirklich nicht der Rede wert gewesen.

Was ihren Fall anbelangte, ahnte Bernard Aalmann sofort Übles. Das letzte Vierteljahr hatten ihn diese zwei verdammten Fälle gekostet. Sie hatten es zu keinem Erfolg gebracht; und jetzt – zumindest interpretierte er Roberts Andeutungen so – sollte es mit Beginn des neuen Jahres gleich so weitergehen? Davor graute ihm.

Das Thermometer im Wagen zeigte eine Außentemperatur von 7 Grad und Nebel legte sich in winzigen Tropfen auf die Frontscheibe. Als Fabinger in die Straße einbog, suchte er Aalmann vergeblich. Er stand nicht, wie verabredet, vor seiner Haustür. Das sah ihm ähnlich. Immer wenn er mal ein paar Tage frei hatte, war er nachher zu nichts zu bewegen. Stattdessen zweifelte er lieber an seinem Job, an sich selbst und pflegte seine melancholische Ader. Fabinger hupte und blickte ungeduldig zur Wohnung des Kollegen hoch, aus der aber kein Licht drang. Dann öffnete sich die Eingangstür und – tatsächlich – Bernard kam schnellen Schrittes auf seinen

Wagen zu, öffnete die Beifahrertür und ließ sich in den Sitz fallen.

»Und?« fragte er kurz angebunden. »Sag bloß ...«

Fabinger nickte nur.

»Prost Neujahr! Scheiße. Ich hab's geahnt. Warum sollte das neue Jahr auch anders beginnen, als das letzte zu Ende ging.«

»Mehr 'ne Frage oder 'ne Feststellung?«

»Ach komm, fahr' zu!«, knurrte er Robert an, »eh mich wer vermisst. Zum Glück schlafen Julietta und die Kinder schon. Ich hab's geahnt, das konnte noch nicht das Ende sein. Aller guten Dinge sind drei. Erzähl mal, wohin geht die Fahrt überhaupt?«

»Ich fahr' erst, wenn du deine Kippe ausgemacht hast!«

»Ja ja. Ist ja schon gut.« Nicht ohne erst noch einen Zug zu nehmen, schnippte er die erst zur Hälfte gerauchte Zigarette aus dem Fenster. Daran hatte er gar nicht mehr gedacht, Robert versuchte gerade mit dem Rauchen aufzuhören. Nicht zum ersten Mal. Wo durfte er dann überhaupt noch rauchen? Zu Hause nur auf dem Balkon und jetzt das hier ... seine Laune sank auf den Nullpunkt. Ohne Zigarette und Kaffee war er nur ein halber Mensch.

Fabinger fuhr indessen endlich los und informierte ihn kurz über die Ereignisse der letzten Stunden, denn da hatte sich ihr verhasster Unbekannter wieder gemeldet. Es ließ sich an wie bei den letzten beiden Malen. Das allerdings bedeutete, dass die Zeit drängte und sie sich ganz schön ins Zeug legen mussten. Kommissar Aalmanns Lebensgeister begannen sich langsam wieder einzustellen. Bei den beiden vorangegangen Fällen lagen zwischen Ankündigung und Entdeckung der Tat nur wenige Tage.

»Und was gab's diesmal für ein nettes Briefchen?«

»Keines, er hat in der Zentrale angerufen und dem Kollegen dort mit göttlicher Rache gedroht, irgendwas von Sündenpfuhl gefaselt, ähnlich krudes Zeug wie in den beiden Briefen zuvor. Und ernst nehmen sollen wir ihn.«

»Das hat er gesagt? Zwei vermutlich völlig unschuldige junge Menschen kaltblütig aus der Blüte ihres Lebens reißen und uns dann auffordern, ihn ernst zu nehmen?« Für derlei Schwachsinn fehlte Aalmann jegliches Verständnis. »Und Sprüche hat er sonst keine gemacht?«

»Doch – echte diesmal. Sprüche Salomos, Vers...« Fabinger nestelte umständlich in der Innentasche seines Jacketts, »... warte, ich hab's mir notiert. Sprüche Salomos 28, Vers 26: ›Wer sich auf seinen Verstand verlässt, ist ein Tor; wer aber in der Weisheit wandelt, wird entrinnen.‹ Klasse, oder?« Robert musste lachen.

»Halleluja! Da haben wir's ja mit einer echten Lichtgestalt zu tun. Spaß beiseite, der ist doch ziemlich mürbe dieser Typ. Oder er macht sich über uns lustig. Wo soll's denn nun über die Bühne gehen?«, wollte Aalmann wissen.

»... gegangen sein! ›Und wenn wir nicht wandern im finsteren Tal ...‹ Dreimal darfst du raten.«

Nach Ratespielen war Aalmann allerdings überhaupt nicht zumute. Bislang hatte der Täter ihnen keine Chance gelassen. Immer waren sie vor vollendete Tatsachen gestellt worden. Er wusste, was sie erwartete.

Die Bushaltestelle lag an einer der Hauptverkehrsstraßen. Mehrere Blaulichter markierten den Ort. Sie bahnten sich ihren Weg durch eine stattliche Anzahl Schaulustiger. Der junge Mann, von seiner endgültigen Verfassung ganz zu schweigen, war aufs Übelste zugerichtet, vor allem der Schädel machte keinen guten Eindruck. Ansonsten saß er ein wenig in sich gesunken in der Ecke der Haltestelle auf einem der Sitzplätze. Wie ein Betrunkener, wenn das blutüberströmte Gesicht nicht gewesen wäre.

Aalmann erinnerte sich kurz an Silvester vor wenigen Tagen – alle hatten sich gegenseitig ein gutes neues Jahr gewünscht. Dieser hier hatte vermutlich den letzten Tag des nunmehr vergangenen Jahres auch nicht viel anders verbracht. Und jetzt war er tot.

Aalmann merkte, dass Fabinger bereits die Flucht

nach vorn ergriffen hatte, indem er sich Informationen von seinen Kollegen holte, während er selbst noch gedankenverloren vor dem Toten stand. In dem Moment kam er auch schon zurück.

»Mal was, was wir nicht ermitteln müssen: Laut Studentenausweis, den er bei sich trug, heißt er Sasa Kadar, studiert in Oldenburg. Alt war er noch nicht, 23 Jahre. Entdeckt, beziehungsweise auf seinen Zustand aufmerksam geworden ist die Frau da drüben. Sie hat auch die Zentrale verständigt. Die Kollegen sagen, sie mache einen sehr gefassten Eindruck.«

»Na ja, jeder reagiert anders auf so was. Sag ihnen, sie sollen sorgfältig vorgehen. Ist immerhin jetzt schon der Dritte. Und dann lass uns fahren.«

Die Verformung des Schädels, die er eben gesehen hatte, ging Aalmann auf der Fahrt ins Büro nicht aus dem Kopf. Die Untersuchungen würden mit ziemlicher Sicherheit ein Maß der Gewaltanwendung feststellen, das überproportional und somit völlig unangemessen war. Und einer solchen Brutalität musste Hass zugrunde liegen, enormer Hass. Anders konnte er es sich nicht erklären. Hemmschwellen schienen bei diesen Tätern nicht zu existieren.

Im Büro gab es nichts Neues. Aalmann bediente sich sofort am Kaffeeautomaten. Er brauchte jetzt dringend einen Cappuccino oder Espresso. Er hatte eine Vorliebe für alle möglichen Kaffeearten und er wollte sich etwas Gutes tun, um diesen Tag einigermaßen zu überstehen.

»Der Stand der Dinge«, konstatierte er nüchtern, »wir haben in den ersten beiden Fällen, die uns, warum auch immer, mit Bibelzitaten anonym und schriftlich angekündigt wurden, im letzten Jahr keine Fortschritte erzielt. Wir hatten die Leiche eines von hinterrücks erstochenen 19-jährigen Türken, die man auf der Mülldeponie fand, und die eines 25-jährigen algerischen Asylbewerbers, auf den in einer Telefonzelle geschossen wurde. Beide Opfer kannten sich recht gut. Alle Hinweise und Spuren verliefen bislang im Sand. Mit anderen Worten: wir treten auf der Stelle. Und das, wo dieser Irre inzwischen die Zeit nutzt, sich neue Opfer auszuwählen, wie den Studenten, dessen Leiche wir eben begutachten mussten. Weißt du, Robert, ich glaube, wir sollten uns noch mehr um unsere extremen rechten Freunde kümmern.«

»Und die Recherchen der Täterprofile? Walter Maasberg? Irgendwie trägt das doch seine Handschrift. Ich meine, die Bibelzitate und so.«

»Du hast ihn doch gesehen. Gegen den spricht gar nichts mehr. Das scheint mir der bislang gelungenste Fall einer Therapie im Strafvollzug zu sein.

Laut Aktenlage ist das auch so. Außerdem hatte er es damals ausschließlich mit Prostituierten.«

»Was auch schon wieder verdächtig ist.«

»Was, das mit den Prostituierten?«

»Nein, diese Vorzeigetherapie und so.«

»So kann man's sehen. Aber ich glaub das nicht. Der ist doch so was von geläutert. Und mittlerweile grundsolide in seinen Lebensverhältnissen. Verheiratet und hat erwachsene Kinder, die nicht auf den Kopf gefallen scheinen. Zwillinge übrigens, haben vor kurzem ihr Studium begonnen. Und denk an die Aussage seines ehemaligen Arbeitgebers, bei dem er's ja sehr lange ausgehalten hat. Das war doch ein Lob in höchsten Tönen. Und außerdem, wie lange liegt sein Fall schon zurück!«

»Fünf Jährchen in Freiheit, so furchtbar lang finde ich das nicht. Und als Fassade machen sich solche soliden Verhältnisse, wie du sie nennst, doch auch gut, oder? Ein bisschen was hat sich bei ihm zwar auch verändert, jetzt mit der Übernahme des Hofs seiner Schwiegereltern, was er lange Zeit übrigens nicht wollte. Aber Rückfälle gibt's auch Jahre später noch und solche überaus engen Bindungen zu Glaubensgemeinschaften, wie sie Maasberg ja damals schon hatte und auch heute scheinbar noch pflegt, finde ich auch immer eher eigenartig.«

Das konnte Aalmann nicht bestreiten. Aber

Maasberg als Täter in diesen Fällen, daran glaubte er nicht.

»Er könnte sich zum Beispiel in den aktuellen Fällen für die andere Seite entschieden haben«, fuhr Fabinger fort. »Ich meine, damals mussten die Prostituierten dran glauben und heute die, die sich in diesem Milieu auf der anderen Seite bewegen, entweder Freier oder andere, die sich die Szene in welcher Form auch immer zu Nutze machen. Unser Türke war homosexuell und der Asylbewerber wie auch der Türke waren des Öfteren Kunden in dieser Paradiso-Bar. Für beides lässt sich leicht ein religiöser Giftpfeil finden, ich meine: ein Motiv. Will heißen, du sagtest es bereits, wir treten auf der Stelle und müssen unsere Augen für alle Möglichkeiten offen halten.«

»Die Bereitschaft zur Gewalt ist in unseren Fällen doch wohl unbestreitbar hoch. In der rechten Szene soll sie zunehmend steigen. Bundesverfassungsschutz. Deswegen meine ich sollten wir uns auch dort umschauen. Und Maasberg traue ich diese Brutalität einfach nicht mehr zu.« Aalmann bediente sich erneut am Kaffeeautomaten und steckte sich eine Zigarette an. »Scusa, Robert, das muss jetzt einfach sein. Lass uns morgen noch mal die üblichen Verdächtigen durchgehen. Irgendwo muss doch ein Anhaltspunkt sein, der uns wenigstens ein bisschen weiterbringt. Außerdem sollten wir morgen auch die neuen Berichte haben.«

Sie verabschiedeten sich beide am Haupttor, in der vagen Hoffnung ihr neuer Fall würde ihnen diesmal auch neue Erkenntnisse im Hinblick auf die beiden vorherigen bringen und vielleicht sogar zu dem ersehnten Durchbruch führen.

Am Abend war Aalmann langsam in die Garage gefahren und leise in die Wohnung geschlichen. Theorie des Einbruchs. Aber so leise, dass es nicht doch jemand wahrnahm, das hatte er bisher nicht geschafft. Nach der Geburt der Kinder hatte er sich dieses Verhalten angewöhnt. Beim Blick in die Kinderzimmer hörte er ihr einmaliges tiefes Einatmen als Reaktion darauf, ihn bemerkt zu haben. In seinem Bett angelangt, hatte der Schlaf ihn sofort übermannt.

Am Morgen waren die Kinder enttäuscht von ihm, als er ihnen offenbaren musste, dass er gezwungen war, heute, am ersten Sonntag im neuen Jahr, ins Büro zu gehen. Julietta, seine Frau, war auch nicht sonderlich erbaut davon, wie sich das Jahr anließ, aber sie war Überraschungen von seinem Job gewohnt und machte nicht mehr viel Federlesens davon. Anfangs hatte es ihr viel ausgemacht oft alleine zu sein. Sie stammte auch nicht aus Bremen und vermisste ihre Heimatstadt Siegen immer noch. Sie hatte dort als Bibliothekarin in der Stadtbibliothek gearbeitet und vermisste vor allem auch die Kollegen, mit denen sie immer viel unternommen hatte. Sie bezeichnete ihre Heimatstadt oft als kulturelle

Hochburg Südwestfalens – immerhin waren dort die Gemälde Paul McCartneys weltweit zum ersten Mal ausgestellt worden – und schwärmte vom Sommerfestival der Stadt und vom alljährlichen ›Kultur pur‹ zu Pfingsten, dem Open Air-Event schlechthin. Sie vergaß dabei aber immer, dass auch Bremen viel zu bieten hatte und sie im Moment wegen der Kinder das vielfältige Angebot nur vorübergehend nicht nutzen konnte. Bernard war es durch seine beruflichen Kontakte wesentlich leichter gefallen, sich einzugewöhnen. Mit der Zeit hatte sie aber gelernt, auch ihre noch so kleinen Freiräume zu nutzen und auch einige Bekanntschaften geschlossen. Ihre Leidenschaft für Bücher konnte sie ohnehin auch hier ausleben, was sie oft und gerne tat.

»Du hast wieder 'ne Leiche, stimmt's?« Vor allem Xenia, sie war fast neun, ging, für ihn immer wieder verwunderlich, mit harten Realitäten in dieser Art um. Nina, vier Jahre alt, war über die Arbeit ihres Vaters noch nicht so im Bilde, dafür aber umso enttäuschter, wenn sie auf ihren Vater am Wochenende – dieser Rhythmus von Arbeit und Freizeit vollzog sich auch in ihrem Alltag bereits – verzichten sollte.

Wenigstens frühstücken konnten sie aber noch gemeinsam und in aller Ruhe.

Der Redakteur der Sonntagszeitung war besser informiert als Bernard Aalmann zu diesem Zeitpunkt. Sollte ihn das nachdenklich stimmen? Würden das seine Vorgesetzten als einen Makel ansehen? Aalmann beruhigte sich. Es konnte sich nur noch um eine kurze Zeit handeln. Spätestens mit seinem Eintreffen im Büro, würde er sich wieder angemessen kompetent fühlen.

Von Zeit zu Zeit überkam Aalmann dieses merkwürdige Gefühl. Es erschien ihm wie eine Form der Langeweile. Immer, wenn er eine Zeit lang viel gearbeitet hatte, in der geringen freien Zeit kaum unter Menschen gegangen war, traf es ihn. Meist plötzlich, wie aus heiterem Himmel, überfallartig.

Dann befiel ihn zudem eine ebenso eigentümliche Unruhe, die ihn sich schlecht konzentrieren ließ. Auf und ab lief er in seinen Räumen. Er wusste, eigentlich musste er mal raus, was unternehmen. Aber was konnte das schon sein? Der immer gleiche Gang ins Kino oder ins Restaurant. In Kneipen hielt er sich beruflich zu häufig auf. Das konnte ihn dann nicht locken.

Zur Beruhigung und in Ermangelung anderer Aktivitäten machte er sich dann bestenfalls über seine umfangreiche Platten- und CD-Sammlung her, hörte lustlos einige seiner letzten Erwerbungen an. Spielte sie zügig durch, immer nur die Stücke, die ihm am besten gefielen und auch dort dann oft mit dem Finger ungeduldig auf der Vorlauftaste.

So war es auch am gestrigen Abend gewesen, bevor Robert angerufen hatte. Und heute saß er bereits wieder in seinem Ledersessel, gleich neben der Lautsprecherbox, die ihm als Ablage für seine Bücher und CDs diente, und hörte Musik. Nicht weil ihm danach war, sondern mehr um sich der ständigen lästigen Nachfragen der Kinder zu erwehren, die ihm andauernd etwas zeigen wollten und denen er hier und da helfen sollte.

Aber jetzt war ihm nach Ruhe zumute, und diese Stille, nach der es ihn verlangte, verschaffte er sich, indem er sich mittels Kopfhörer ein Refugium der physischen Abwesenheit erschuf. »Best Music next to silence« tat es da allerdings nicht; es musste schon die volle Besetzung sein; heute vom Titel passend Jan Erik Kongshaugs »The Other World«.

Aber auch die für die Kinder leise aber doch deutlich hörbare Musik, veranlasste sie nur bedingt dazu, ihm eine Zeit lang Ruhe zu gewähren. Ihre Worte allerdings verstand er nicht, ihre Gesten blieben ihm rätselhaft; allenfalls war er in der Lage, sich einige ihrer Bilder anzuschauen, die sie gemalt hatten und die sie ihm zeigten. Nachdem er ihnen nochmals mit Worten, die er mit Kopfhörer selbst nur wie von ferne wahrnahm, seine vorübergehende Unerreichbarkeit deutlich gemacht hatte, ließen sie endlich von ihm ab.

Früher wären ihm Zweifel gekommen, aufgrund seiner Verhaltensweise. Eigentlich war er ja jemand, der seine Vaterschaft ernst nahm. Mittlerweile aber gestattete er sich Auszeiten wie diese jetzt. Auszeit – in Anbetracht der Wohnungssituation und der Tatsache, dass die Kinder annähernd sämtliche Räume zeitweilig zu okkupieren begannen -, ein Euphemismus. Im Büro, wo der Computer stand, wurden Spiele gespielt; die Schreibtische dort waren vom Licht begünstigt und ständig mit Zeichnungen der Kinder übersät. Im Wohnzimmer lagen Berge von Legosteinen im ganzen Raum verstreut und Klavierspielen wurde dort auch geübt. Ihm graute schon seit längerem bei der Vorstellung, was diesbezüglich mit zunehmendem Alter der Kinder auf ihn zukommen würde. Schon jetzt hatten sich die allabendlichen Zu-Bett-Geh-Rituale bedenklich in den Abend verlagert. Bald schon würden sie abends den Fernseher belagern, den er eher selten einschaltete, und ihn damit unbewusst des Raumes verweisen; so zumindest ahnte er es.

Das alles ließ ihn gelegentlich ins Grübeln geraten. Aber letztlich, wie oft konnte er überhaupt Zeit für seine Familie erübrigen, ganz zu schweigen für sich selbst. Die Zeit über Neujahr war da doch eher eine Ausnahmesituation gewesen.

2

Fabinger saß bereits Kaugummi kauend an seinem Schreibtisch als er eintraf und schien bester Laune zu sein. Auf seine überschwängliche Begrüßung reagierte Aalmann etwas unterkühlt.

»Weißt du schon das Neueste?« Seine gute Laune blieb unbeeinflusst von der scheinbar nicht so guten seines Chefs.

»Woher sollte ich? Ich habe nur den Bericht in der Sonntagszeitung gelesen.«

»Unser neues Opfer hat scheinbar berühmte Verwandtschaft – weit weg, aber immerhin –, er ist der Neffe eines bekannten albanischen Schriftstellers und – vermutlich mehr von Belang: auch er galt als homosexuell.«

»Hm, ob uns das weiterbringt?« Da schienen ihm Zweifel angebracht. »Ich finde, wir sollten uns doch noch mal bei Maasberg umtun.«

Fabinger war davon nicht sonderlich begeistert, wollte sich früh am Morgen aber auch nicht gleich querlegen.

Die Fahrt zu Maasbergs Hof führte sie an der Bushaltestelle vorbei, in deren Ecke man Sasa

Kadars Leiche am Vorabend deponiert hatte. Das war eines der Untersuchungsergebnisse über die Fabinger ihn unterrichtet hatte: erschlagen hatte man Kadar dort nicht.

Aalmann war recht schweigsam an diesem Morgen, bat Fabinger dort kurz anzuhalten, stieg aber nicht aus. Mülldeponie, Telefonzelle, Haltestelle. Zumindest bei den beiden letzteren Fundorten, konnte es für die Täter doch nicht so ganz einfach gewesen sein, unbeobachtet zu bleiben. Bislang allerdings hatten sie keinerlei brauchbaren Hinweise von Passanten oder Vorüberfahrenden.

Auf seinem Hof in Krögerdorf rangierte Maasberg gerade mit seinem Traktor auf dem Hofplatz, als sie ankamen. Sie begrüßten sich knapp aber nicht unfreundlich. Fünfundfünfzig Jahre musste der jetzt auch schon auf dem Buckel haben. Obwohl man Maasberg anmerkte, dass ihm jede Begegnung mit der Polizei eher unangenehm war, bat er sie ins Haus, in dem sie außer dem Hund, der träge im Flur lag, niemanden antrafen.

Er bat sie, am Esstisch Platz zu nehmen. Aalmann fielen die betenden Hände von Dürer an der Wand über dem Tisch auf, aber sie überraschten ihn nicht. Ihm war dieses Bild vertraut. In seinem Elternhaus hatte es früher im Flur gehangen.

»Vielleicht haben Sie's in der Zeitung gelesen, Herr Maasberg«, begann Fabinger zügig, »wir haben eine weitere Tat nach vergleichbarem Muster, also, wie in den beiden Fällen zuvor, zu denen wir Sie ja neulich bereits befragt haben.«

»Nee, hab ich noch nichts von gehört. Aber ich ...«

»War ja auch erst gestern Abend«, unterbrach ihn Aalmann. »Und beruhigen Sie sich, aus dem Kreis der Verdächtigen sind Sie bereits ausgeschlossen.«

Fabinger war erstaunt, ließ sich aber nichts anmerken. Einen Kreis der Verdächtigen gab es doch so konkret noch gar nicht. Und der Einzige, der in diesem Stadium der Ermittlungen was damit zu tun haben könnte, kam für Robert also schon gar nicht mehr in Betracht.

»Der Täter hat dieselbe Vorgehensweise gewählt, nicht ganz zwar, aber den obligatorischen Bibelvers gab's eben wieder, diesmal zwar nicht schriftlich aber telefonisch. Also – ich will Ihnen nicht zu nahe treten –, aber leider eben ganz wie damals.« Aalmann machte eine längere Pause, ehe er Maasberg mit einer Vermutung konfrontierte: »Könnten Sie sich vorstellen, dass jemand sozusagen als verspäteter Trittbrettfahrer da aufspringt, wo Sie damals ...?« Er sprach seinen Satz nicht zu Ende. »Oder hätten Sie eine Idee, dass Ihnen jemand das Leben schwer machen will. Es wäre für so jemanden ja klar kalkulierbar, dass die Polizei Sie, bei einer derartigen Ähnlichkeit der Fälle, zumindest was den Vorlauf anbelangt, doch ziemlich bald ins Visier nehmen würde. Will heißen: möglicherweise nutzt irgendwer den Rahmen, den Sie damals gezimmert haben, um den Verdacht auf Sie zu lenken, verfolgt aber natürlich andere, eigene Ziele damit.«

Wieder war es einige Zeitlang still im Raum. Niemand sagte etwas. Fabinger stand auch die Möglichkeit vor Augen, dass nicht unbedingt der Verdacht auf Maasberg gelenkt werden sollte, sondern dass es möglicherweise einfach nur ein Ablenkungsmanöver war. Er erwähnte sie absichtlich nicht. Die Information, nicht mehr verdächtig zu sein, musste Maasberg genügen.

War er kurz zuvor noch etwas erleichtert erschienen, so war Maasbergs Stirn jetzt von mächtigem Grübeln gekennzeichnet.

»Herr Kommissar, ich weiß nicht recht. Im letzten halben Jahr hatten wir hier einen Gehilfen auf dem Hof. Meine Frau und ich, wir haben ihn eingestellt, weil er einen ganz guten Eindruck machte. Es ging anfänglich auch ganz gut mit ihm …«

»Sie haben ihn gefeuert?«, schlussfolgerte Fabinger ungeduldig, obwohl nicht er es war, den Maasberg angesprochen hatte. Aber dieses umständliche und lange Reden, war ihm auch beim letzten Mal schon auf die Nerven gegangen. »Warum denn?«

»Das wollte ich doch gerade erzählen, ich meine,

es war eigentlich nichts Besonderes. Wir kamen einfach irgendwie nicht mehr miteinander klar.«

Aalmann wurde neugierig.

»Etwas genauer können Sie da nicht werden?«

»Na ja. Wir haben bemerkt, dass er lange Finger machte. Nichts großes, ein Sack Kartoffeln verschwand hier und da. Mit Geld gab's dann auch einige Ungereimtheiten. Wir konnten ihm nichts nachweisen, ich wollte auch nicht spionieren. Kurz vor Weihnachten haben wir ihm dann gekündigt, die Stimmung war auch einfach hinüber. Als wir's ihm gesagt haben, meine Frau und ich, da wurde er dann irgendwie ausfällig, hat geflucht und gemeckert, so halt.« Nach kurzer Pause fügte er hinzu: »Aber den deswegen in Verbindung mit diesen ...«, er zögerte, »... Morden zu bringen? Nee, das glaub ich nicht.«

»War er sonst irgendwie auffällig, wissen Sie was von einer Vorstrafe oder ähnlichem?«

»Vorstrafe, nee, frag ich nicht nach. Is' vielleicht 'n Fehler, aber das liegt mir nicht. Ansonsten kräftiger Typ halt, konnte echt was heben und wegschaffen. Ein bisschen komisch war, dass er's irgendwie mit Computern hatte. Passt, find' ich, eigentlich nicht so zu unsereinem. Aber da hockte er abends immer vor.«

»Er hat also hier auf dem Hof gewohnt?« Maasberg nickte. »Und hatte er Freunde? Oder kam öfter Besuch?«

»Kamen manchmal zwei Jungs, meist zusammen. Ab und an schleppten sie irgendwelches Computerzeugs. Die machten eigentlich immer einen guten Eindruck, waren freundlich, aber das war Axel auch, anfangs zumindest. Ungewöhnlich war vielleicht noch, dass sie alle ziemlich gleich aussahen: kräftige Jungs alle drei und recht kurze Haare.«

»Und sein Nachname?«, wollte Fabinger wissen.

»Hansen. Axel Hansen. Mehr kann ich Ihnen nicht sagen.«

»Könnten wir vielleicht sein Zimmer sehen?« Aalmann stand als erster auf.

Das Zimmer befand sich auf ebener Erde, gleich links neben der Haustür des Wohnhauses und war einfach möbliert. Man genoss dort vom Fenster aus freien Blick auf den Hof und die Zufahrt. Das Bett in der Ecke war säuberlich zugedeckt. Zwei einfache Sessel gruppierten sich um einen runden kleinen Tisch, auf dem sich nur ein leerer Aschenbecher befand. Unter dem Fenster stand ein älterer Schreibtisch, der wohl aus einem Jugendzimmer stammte. Es gab aber keinerlei persönliche Dinge – Bücher, Zeitschriften –, nichts lag herum, was Aalmann ziemlich ungewöhnlich fand.

Er zog an den Schubladen, die sich nur schwer öffnen ließen. Beide schienen leer. In der oberen war eine kleinere, flache Lade für Schreibutensilien eingearbeitet, die er begutachten wollte. Dabei rollte ihm ein einzelnes Projektil entgegen, dass er unbeobachtet in seine Manteltasche gleiten ließ. Beim Zurückschieben der unteren Schublade schloss diese nicht vollständig. Bernard hockte sich um nachzusehen und zog einen geknickten Zeitungsausschnitt hervor, den er sofort neugierig glatt strich.

Es war eine Meldung aus Brandenburg, datiert vom 25. Mai des Vorjahres, wo ein etwa zwanzigjähriger Unbekannter eine Frau, die mit ihrem afrikanischen Mann und ihren zwei Kindern unterwegs war, auf offener Straße mit einem Knüppel bedroht und deren Mann letztlich auch nicht unerheblich verletzt hatte. Die Polizei in Brandenburg bat um zweckdienliche Hinweise. Die Meldung war sauber ausgeschnitten, aus welcher Zeitung sie stammte, war nicht zu erkennen.

»Sagen Sie, Herr Maasberg, wie alt war Ihr Gehilfe eigentlich?«, fragte Aalmann.

»Letzten September hat er hier mit seinen beiden Kumpels seinen vierundzwanzigsten gefeiert, warum?«

»Nur so, reine Routine.«

Auf der Rückfahrt erhielten sie einen Anruf. Fabinger saß wieder am Steuer, also nahm Aalmann das Gespräch entgegen.

Es war ihre Kollegin Anke Bolko.

»Wo seid ihr denn?«, tönte es ihm gleich entgegen. »Ich versuche schon seit längerem euch zu erreichen. Wir haben hier die Aussage einer jungen Frau, die am Abend in der Nähe der Bushaltestelle einen Wagen gesehen hat, der in überhöhtem Tempo unterwegs war und dessen Fahrer, vermutet sie, nicht mehr ganz nüchtern gewesen sein kann. Dadurch ist er ihr überhaupt aufgefallen. Und die Gute hat sich die Farbe des Autos und Teile des Kennzeichens gemerkt. Wir waren natürlich nicht untätig. Der Wagen, ein echter Oldtimer übrigens, gehört einem Axel Hansen, und jetzt kommt's, er wohnt auf Maasbergs Hof.«

Aufgrund des Ergebnisses ihrer Recherche verzieh Aalmann ihr ihren forschen Ton, aber er korrigierte sie gleich: »Wohnte.«

»Wie bitte?«

»Er wohnte, er ist dort ausgezogen. Wir kommen gerade von dort. Was war's für ein Modell?«

»Ein alter Opel Commodore. Nicht gerade unauffällig, was!«

»Da sehnt sich scheinbar jemand nach alten Zeiten zurück«, dachte Aalmann laut.

»Was?«

»Ach, nichts, Anke! Wir kennen den Typ. Zwar noch nicht persönlich, aber, na ja, wie gesagt, leider ist er ausgeflogen. Kein Anhaltspunkt auf seinen derzeitigen Aufenthaltsort. Gib auf jeden Fall mal ’ne Fahndung raus. Der hat mit Sicherheit Dreck am Stecken. Könntet ihr euch auch Hansens Zimmer hier bei Maasberg mal genauer anschauen? Das wäre prima. Und danke, gute Arbeit!« Er legte auf.

Zu Fabinger sagte er: »Du hast’s mitbekommen, Robert? Jemand hat einen Wagen in der Nähe unseres letzten Tatorts gesehen und die Kollegen haben rausbekommen, dass er Axel Hansen gehört.«

»Na prima! Geht’s doch irgendwie weiter«, sagte Fabinger ein wenig erleichtert.

Die Nachrichten im Autoradio sprachen wie des Öfteren in der letzten Zeit auch heute von der sich zuspitzenden Krise im Kosovo. Neu war der Aktienbericht jetzt schon in den Morgennachrichten. Der war Aalmann auch in den Abendnachrichten schon immer auf den Geist gegangen, dieses Fachchinesisch. Und jetzt eröffnete die Börse sogar schon schwach; noch nichts war geschehen und doch war’s denen schon eine Meldung wert. Die reine Nullinformation.

Der Aktienindex war schon am Vortag durch

die Kosovo-Krise belastet gewesen. Die haben Probleme, dachte er, als sie beide aus dem Wagen stiegen.

3

Als Bernard Aalmann am frühen Mittwochnachmittag des 6. Januar alleine auf dem Weg zu seinen Eltern war, merkte er, dass ihn sein Job auch im neuen Jahr bereits wieder wie einen Gefangenen hielt. Was ihn alles in seinem neuen Fall, der ja eigentlich ein schon recht alter, zumindest länger andauernder war, noch alles erwarten würde, ahnte er zu diesem Zeitpunkt noch nicht.

Der Besuch verlief wie üblich. Er hatte sich angewöhnt, mindestens alle zwei Wochen einmal bei ihnen reinzuschauen. Und jetzt war es der erste Besuch im neuen Jahr, nachdem über die Feiertage bei beiden Parteien ein Treffen ungünstig gewesen war.

Er war darüber froh gewesen, dass seine Eltern anderweitig unterwegs waren. Die paar ruhigen Tage hatten ihm und seiner Familie gut getan. Obwohl seine Eltern zu den mobilen Rentiers gehörten, fanden sie seine zugegeben kurzen Besuche doch immer erfreulich. Im Gegensatz zu einigen Müttern seiner Freunde hatte seine ihre treu sorgenden Eigenschaften nicht aufgegeben, und so wurde er bei seinen Besuchen immer wie ein seltener und gern gesehener Gast zumindest mit Kaffee und selbstgebackenem Kuchen umsorgt. So war es eigentlich eine immer angenehme Pflicht, die er erledigte.

Öfter als zweimal im Monat, so glaubte er, würde er es aber doch nicht ertragen können. Diese elterliche Nähe drohte dann eher einen erdrückenden Charakter zu bekommen, zumal man, egal was man anstellen mochte, doch immer das Kind seiner Eltern blieb. Auch er war mit seinen 40 Jahren in bestimmten Situationen noch immer damit beschäftigt, sich zu distanzieren und eigene Positionen zu besetzen.

Die Fälle, an denen er jeweils arbeitete, waren natürlich immer ein Thema, über das er sich mit seinen Eltern, bevorzugt mit seinem Vater, unterhielt, während seiner Mutter das Wohl seiner Familie ein größeres Anliegen war. Nach der obligatorischen Frage, wie es denn den Kindern ginge, folgte die nach dem Befinden seiner Frau, die er gerne beantwortete. Allerdings schloss sich dann zumeist auch die Klage darüber an, dass sie sich schon länger nicht bei ihnen hatte sehen lassen.

»Warum schaut ihr denn nicht mal vorbei?«, entgegnete Aalmann auch heute. »Ruft vorher an, ob meine ›Frauen‹ zu Hause sind, dann ist das in Ordnung.«

Aber die Eltern hatten fast immer eine Ausrede, meist irgendeinen Termin. Oft waren sie auch gar nicht in der Gegend, denn das Reisen gehörte auf ihre alten Tage zu einer ihrer liebsten Beschäftigungen. Wogegen er im Prinzip nichts hatte. Ein bisschen Neid erfüllte ihn allerdings doch gelegentlich, vor allem in Bezug auf seinen Job, der nun wirklich zeitraubend sein konnte und das hatte auf längere Sicht schon was Enervierendes. Wann war er das letzte Mal mit seiner Familie in Urlaub gefahren ...? Nach Italien sogar?

Er liebte das Tessin, die Toskana und die oberitalienischen Seen, träumte von Städten wie Siena oder Florenz, aber mit den Kindern erschien ihm das alles derzeit nicht machbar, wenngleich auch erstrebenswert.

Die halbe, dreiviertel Stunde verging meist wie im Fluge, so dass seine Eltern immer, wenn es daran ging sich zu verabschieden, ihn zu überreden versuchten noch ein Weilchen zu bleiben. Aber er musste meist los und wollte auch nicht länger.

Es war gegen 16 Uhr als er losfuhr und ihm einfiel, dass ihm der Beerdigungstermin des Albaners völlig durch die Lappen gegangen war. Hoffentlich war Robert dort gewesen. Er beschloss einen kleinen Umweg zu machen, um am Friedhof doch noch kurz vorbeizufahren. Ein paar lockere Wolken hingen am Himmel, die Sonne schickte letzte blendende Strahlen. Es würde wieder eine klare Winternacht werden.

Die frischen Gräber hatte er schnell gefunden, zumal die Friedhofsgärtner dort noch beschäftigt waren. Ihn fröstelte. Er zündete sich eine Zigarette an, wenigstens etwas, das Wärme ausstrahlte.

Blumen und Kränze wurden gerade aufgelegt, so dass er sich über die Namen der Anteilnehmenden einfach informieren konnte. Ihm fiel sofort auf, dass einer der kleineren Kränze mit ›Familie Maasberg‹ beschriftet war.

Vom Auto aus rief er Fabinger an, den er auf seinem Handy aber nicht erreichte. Im Büro bekam er ihn dann an den Apparat und bat ihn, doch noch mal in der Ballistik nachzufragen, was sie mit seinem, in Hansens Schreibtisch gefundenem Projektil, hatten anfangen können.

»Was hast du gefunden? Ein Projektil bei Hansen? Davon weiß ich nichts, tut mir Leid«, antwortete der sichtlich beleidigt.

»Jetzt sei nicht gleich eingeschnappt. Man kann ja mal was vergessen«, versuchte Aalmann ihn aufzumuntern. Sein Kollege war schlecht gelaunt nahezu unerträglich, so dass er meist um eine gute Stimmung zwischen ihnen beiden bemüht war.

»Ja, Professore. Und die Beerdigung, wo warst du da? ›Mal was vergessen …‹«, zitierte Fabinger ihn mit spöttischem Unterton.

Aalmann kommentierte diese Stichelei nicht,

das führte jetzt zu nichts, und statt Fabingers Frage zu beantworten, trug er ihm eine weitere Bitte auf: »Was uns außerdem von Nutzen sein könnte, wäre ein Überblick über die möglichen Vorstrafen von Hansen. Ruf doch dazu die Brandenburger mal an oder schau ins Register.«

»Heilige Drei Könige.«

»Was?« Aalmann verstand nicht. War das jetzt ein lautes Stöhnen über seinen Auftrag? War der Kollege wirklich so schlechter Laune?

»Na, Feiertag!«

»Wieso das denn? Bei uns ist keiner und die haben's damit doch schon gar nicht. Gab's zu DDR-Zeiten sowieso nicht.«

»Okay, Professore. Ciao, wir sehen uns.«

4

Steve Taylor war froh wieder zu Hause in Minnesota zu sein. Die letzten Wochen und Monate waren verdammt anstrengend gewesen. Er konnte einiges vertragen, aber was zuviel war, war zuviel. Vor allem der Besuch bei den Freunden in Deutschland hatte ihm arg zugesetzt. Irgendwie waren ihm die deutschen Kumpane doch recht umständlich und unbeholfen vorgekommen, einige zudem sogar regelrecht ungehobelt. Er pflegte da doch einen etwas anderen Stil. Im Unterschied zu seinen vorherigen Besuchen konnte er sich auch des Eindrucks einer deutlicheren Militanz nicht erwehren. Dagegen konnte er erstmal nichts einwenden. Dann allerdings war da noch der Zwischenfall in der Bar. Dieser und die darauf folgenden Geschehnisse waren brenzlig für alle gewesen.

Eigentlich hatte es soweit nicht zu kommen brauchen, aber seine Freunde waren nicht zimperlich gewesen. Er allerdings auch nicht. Es ging schließlich um den Erhalt seiner eigenen weißen Weste. Und um die beiden Kanaillen musste man vermutlich wirklich nicht trauern. Trotzdem war ihm bei dem Gedanken an diese Ereignisse nicht sonderlich wohl, obwohl er sich nun doch in Sicherheit fühlen konnte. Er war es nicht gewohnt, sich die Finger derart schmutzig zu machen. Der Jetlag machte ihm diesmal mehr als üblich zu schaffen.

In aller Ruhe wollte er nun an die Planung der nächsten Wochen gehen. Schiefgehen würde schon nichts. Er ging gemessenen Schrittes in sein Büro, schaltete einen seiner Computer ein, den, den er bevorzugt für die Kommunikation nutzte, um eingetroffene E-Mails zu sondieren. Insgesamt konnten sie zufrieden sein, die Anschläge auf die Wehrmachtsausstellung in Saarbrücken und das Galinski-Grab waren saubere Arbeit und echte Erfolge. Voller Genugtuung ließ er sich in seinem breiten, ledernen Chefsessel nieder.

Was in der nächsten Zeit anstand, war ein Relaunch ihrer »Neon«-Website. Nicht ganz ohne Aufwand das Ganze, vor allem jede Menge neue Infos mussten publik gemacht werden und ein paar neue, einfache Pläne zum Bombenbau sollten auch dabei sein.

Vor allem die deutschen Leser galt es zu ermuntern. Dort gingen neu gegründete Sonderkommissionen der Polizei gemeinsam mit den Staatsanwälten in letzter Zeit erheblich rigider gegen ihre Freunde vor als bislang üblich.

Die Liste der »überflüssigen« Politiker galt es

auch hier und da zu ergänzen. Bei seinem Aufenthalt in Deutschland hatte er in einem Interview das Zitat eines Generalsstaatsanwalts gelesen, die schärfste Waffe sei die Aufklärung. Das sah er genauso, nur von einer völlig anderen Warte.

Woran es dem militanten Flügel des Vorstands vor allen Dingen noch fehlte, war ein terroristischer Arm der Organisation. Die mit aufzubauen, sollte unter anderem seine Aufgabe sein, seine Sache allerdings war es nicht so recht. Da musste man sich auch um die Hitzköpfe kümmern, die Gewalttätigen und Skinheads mussten mit eingebunden werden. Mochte sein, dass das sicherlich gelegentlich von Nutzen für ihre gemeinsame Sache sein dürfte. Aber diese Typen lagen ihm nicht sonderlich.

Sein elektronischer Briefkasten war übervoll. Die interessantesten Sachen würde er erst über ein Dechiffrierprogramm laufen lassen müssen. Der Geheimhaltung wegen kamen sie verschlüsselt an. Eine der normalen Mails fiel ihm besonders auf, als Betreff war dort ›KILL‹ eingegeben worden. Er ahnte es schon. Es war sicher wieder einer von denen, die zwar aus rechter Überzeugung aber mit ihren blindwütigen, unkalkulierten Handlungen der Bewegung nur schadeten; diesmal war es jemand, der in schlechtem Deutsch darum bat, auf der Homepage einen Mordaufruf an Prostituierten zu veröffentlichen. Da gab es wichtigere Personen, die es dort aufzuführen galt. Er würde sonst was tun. Dieses überkommene Zeugs, von einer Modernisierung des nationalsozialistischen Gedankens hatte dieser gestrige Kaspar mit Sicherheit noch nichts gehört. Er mochte diese Leute wirklich nicht.

Außerdem, rein privat hatte er nichts gegen Prostituierte. Im Gegenteil. Er hätte diesen Nachtclub in Deutschland gerne in guter Erinnerung behalten, wäre dieser Zwischenfall nicht gewesen. So wie die Dinge nun standen, war er gezwungen, ihn zu vergessen.

5

Für Xenia, Aalmanns Tochter, war es der erste Schultag nach den Weihnachtsferien, der 7. Januar. Die Wecker im Hause Aalmann klingelten frühzeitig. Begeistert war davon niemand so recht. Auch für Nina begann wieder der Kindergarten. Aber ein strengerer Rhythmus kam vor allem Julietta Aalmann sehr entgegen. Die Tage erhielten eine deutlichere Struktur, die ihrer Arbeit aber auch ihrem derzeitigen Lebensgefühl sehr entgegenkam.

Die lange Zeit nach der Geburt der Kinder war sie diejenige gewesen, die sich in erster Linie um Haushalt und natürlich um die Kinder gekümmert hatte. So langsam stand ihr der Sinn allerdings nach Aufbruch; der Alltag, so wie er sich mittlerweile darstellte, gestattete ihn erfreulicherweise auch.

Auch Bernard war beim Frühstück bester Laune, öffnete Xenias Klassenkameradinnen mit lautem Hallo die Tür und verabschiedete herzlich seine Tochter, die nur wenige Stunden außer Haus sein würde. Bei ihm würde es länger dauern.

Eigentlich hatte er Nina auf dem Weg ins Büro noch in den Kindergarten bringen wollen. Es war Anke am Telefon, die ihm den Genuss der dritten Tasse Kaffee, seines geliebten schwarzen Gifts vergällte und den Plan zunichte machte.

»Guten Morgen. Bist du gleich hier?«, kam sie sofort zur Sache.

»Nun bin ich schon früher als sonst und trotzdem reicht's euch dann immer noch nicht. Gibt's wenigstens jede Menge Neuigkeiten?«

»Genau das. Ach, und Robert bittet dich, ihn doch kurz abzuholen. Sein Wagen scheint in der Werkstatt zu sein.«

»Wie war's eigentlich auf der Beerdigung?«, begann er Fabinger gleich zu löchern und fuhr los.

»Nicht hingehen, aber alles wissen wollen, hm?«

»Nun komm schon!«

»Tja, viele Leute waren nicht da, ein paar Landsleute natürlich, Familie soweit vorhanden und einige Kommilitonen. Und der gute Onkel, diese angebliche Berühmtheit war auch da, war anscheinend sowieso hier auf Vortragsreise, von daher war es ihm vermutlich möglich zu kommen. Also, wie soll ich sagen, jede Menge Emotionen, klar. Aber dieser Kadar hat eine Rede gehalten, und das war dann viel Politik, sehr interessant.

Musste alles übersetzt werden, haben sie für die paar Deutschen auch gemacht. Dauerte von daher recht lange, das Ganze. Aber die haben da nicht mehr viel zu lachen, die Kosovo-Albaner.«

»Hast du mit dem Onkel gesprochen?«

»Nein, wie sollte ich? Große Sprachbarriere. Und so berühmt ist der gar nicht. Dem Buchhändler bei mir im Viertel musste ich erst den Namen buchstabieren, bis er was in seinem Computer fand. Der kannte den gar nicht.«

»Deswegen doch nicht, du solltest kein Literateninterview führen.«

Gerade hatten sie wenige hundert Meter seit der Autobahnauffahrt in Ganderkesee zurückgelegt, begann der Verkehr zu stocken und schon standen sie im schönsten Morgenstau.

»Müssen die denn unbedingt alle mit ihren Autos zur Arbeit fahren? Scheiße.«

»Du tust's doch auch.«

»Zur berittenen Polizei können wir ja wohl nicht wechseln, oder?«

Fabinger fand die Vorstellung amüsant: »Professore Aalmann löste die aufregenden Mordfälle mit Hilfe seines Schimmels Dixi.«

»Ach komm, hör auf. Jetzt bin ich schon so gespannt, was uns im Büro erwartet und soll stattdessen hier dumm rumstehen?«

Aalmann fuhr rechts aus und bat Fabinger in der Verkehrszentrale nach der Stauursache zu fragen.

Die Antwort kam prompt. »An einer BP-Tankstelle steht ein Auto mit rumänischem Kennzeichen, dessen Halter nicht zu ermitteln ist. Sie vermuten, dass es mit einer Bombe gespickt ist. Jugoslawische Untergrundorganisation, wegen dem Krieg jetzt. So flott sollen die sein ...? glaube ich nicht. Das Gelände ist großräumig abgesperrt. Es wird also länger dauern. Netter Kollege übrigens.«

Dieser Krieg hatte Aalmanns Familie die letzten Abende stark beschäftigt. Mitten in den Nachrichten eine sonore Rede des Bundeskanzlers zum ›Beginn der Auseinandersetzung‹ im Kosovo. Immer diese Euphemismen vor großer Bücherwand, hatte er gedacht, ›Krieg‹ hörte sich da schon ganz anders an. Ihm war die Rolle Deutschlands diesbezüglich vollkommen neu. Die Kinder beunruhigten vielmehr noch die Nachrichtenbilder, zumal auch ihre Eltern ihnen besonderes Gewicht beizumessen schienen. Serbischer Hass dort – und hier?

»Klemm doch mal das Blaulicht aufs Dach. Ohne kommen wir hier nicht weiter«, bat Fabinger.

Auf Umwegen gelangten sie dann irgendwann zum Büro, wo Aalmann umgehend die Mitarbeiter in seinem Büro zu einer Lagebesprechung versammelte.

Anke Bolko und ihr Kollege Sanders informierten die Runde über die wichtigsten Ergebnisse der Untersuchungen im Fall Kadar. Vorab entschuldigte sie die Kollegen Overbeck und Fabroni, die eben nach Lemwerder aufgebrochen seien, dort hätten die Fährschiffer eine merkwürdige Entdeckung gemacht.

Aalmann hatte den Eindruck den Überblick zu verlieren, wenn ihnen jetzt noch ein Fall serviert würde: »Anke, sag nicht, dass es schon wieder eine Leiche gibt! Das hört sich verdächtig so an.«

»Ich vermute es auch fast. Aber ich weiß nichts Genaues. Aufgebrochen sind sie jedenfalls Hals über Kopf. Von daher mit Sicherheit keine Kleinigkeit.«

»Nun denn. Kadar ist also bereits tot gewesen und dann hat man ihn nachträglich noch mit einem schweren Gegenstand derart übel zugerichtet. Reinste Leichenschändung haben die da betrieben. Ansonsten keine Besonderheiten und von daher die schnelle Freigabe der Leiche.«

»Genau«, fuhr Anke Bolko fort. »Bei der Inspizierung des Zimmers von Axel Hansen konnten wir nichts finden, was irgendwie interessant gewesen wäre. Hansen selbst allerdings ist bei den Kollegen in Brandenburg kein unbeschriebenes Blatt. Die haben dort eine Soko Rex, denen ist er bekannt, weil er dort schon des Öfteren wegen rechtsextremistisch motivierter Taten mit dem

Gesetz in Konflikt geraten ist. Er gilt als intelligent, aber auch als sehr gewalttätig, wenn er alkoholisiert ist. Und weil er immer ziemlich blau war, wenn es krachte, konnte man ihm bislang nicht viel. Was sich bald ändern könnte, denn das Projektil, das Bernard in seinem Schreibtisch gefunden hat, ist laut Ballistik identisch mit denen, die bei den Schüssen auf den Algerier und auch auf Kadar abgegeben wurden und dort in beiden Fällen zum Tod führten. Von daher hätten wir auch schon einen Haftbefehl sicher.«

»Und ich habe noch eine Kleinigkeit, deren Zusammenhang noch zu klären wäre. Wir müssen dafür noch ein weiteres Mal raus nach Krögerdorf, ich nehme dich diesmal mit«, sagte er zu Anke gewandt und machte es wieder mal besonders spannend, »Robert kann hier zur Abwechslung mal die Stellung halten. Maasberg soll mir mal erklären, warum seine Familie das Grab des Albaners mit einem Kranz bedenkt.«

Sie kamen aber an diesem Tag nicht mehr weg. Aalmann hätte beinahe einen Gesprächstermin mit der Staatsanwältin vergessen. Glücklicherweise fiel er ihm in letzter Minute noch siedendheiß ein.

6

Es war der späte Samstagnachmittag des 9. Januar als in der Nähe der Sendeanlagen von Radio Bremen, auf dem ruhig gelegenen Parkplatz unweit der Autobahnauffahrt Horn-Lehe ein alter Opel Commodore einbog und parkte. Von hier aus gelangte man relativ zügig nach Worpswede oder Zeven. Der Himmel war wolkenverhangen und in den Regen mischten sich hier und da auch ein paar dünne Schneeflocken. In einem Abstand von etwa fünfzig Metern, jeweils am einen und am anderen Ende des Platzes, hatten dort zwei Prostituierte mit fahrbarem Untersatz seit längerem ihr Domizil aufgeschlagen. Ihre Anwesenheit in ihren Gefährten und somit auch ihre Verfügbarkeit verkündeten sie mittels einer die Frontscheibe umrahmenden und blinkenden Lichterkette im einen und einem roten Neonherz im anderen Wagen.

Hansen hatte eine Vorliebe für Mona, die ihn gelegentlich überkam. Monique gefiel ihm nicht so. Er fühlte sich unbeobachtet und von der fortgeschrittenen Dämmerung geschützt. Lässig schritt er auf den Campingbus zu, ein etwas älteres Modell, dessen Scheiben sämtlich beschlagen waren. Es war recht kühl draußen, so dass die unüberhörbar laufende Standheizung praktischerweise imstande war, mögliche Geräusche der Lust zu übertönen. Er klopfte an die Tür. Wenige Sekunden später wurde ihm geöffnet und er trat ein.

Mona kannte ihn, er war hin und wieder bei ihr gewesen. Sie glaubte seine Vorlieben zu kennen, aber wenn sie sich's genau überlegte, hatte er eigentlich keine. Er war ungeduldig wie viele, ein wenig nervös wie viele und im Grunde – Vorlieben hin oder her – suchte er wie die meisten auch nur eine angenehme Erleichterung.

Heute bemerkte sie an ihm eine kräftigere Alkoholfahne als die vorigen Male. Er musste also schon etwas tiefer in die Flasche geschaut haben. Ihr Verdacht bestätigte sich, als er kaum eingetreten, sofort lauthals von ihr verlangte, sie solle zur Sache kommen.

»Nun mal sachte, Jungchen, du bist doch grade erst durch die Tür gekommen.«

Das konnte er heute nicht vertragen: »Sag nicht noch mal ›Jungchen‹ zu mir, sonst kannst du was erleben.«

»Okay, okay«, versuchte sie ihn zu besänftigen. Es schien, als müsse sie sich in Acht nehmen. So kannte sie ihn bislang nicht, dass er keinen Spaß verstand. Und für die brutale Art, da war er bei ihr an der falschen Adresse. Wie immer begab sie sich an ihr Werk. Seine Augen glühten heute regelrecht, ein Unheil verheißender Blick, den sie nicht mochte.

»Nu, mach mal Zunder, du Flittchen«, drängelte er, »ich hab's eilig.«

Der Ton gefiel Mona nicht. Sie antwortete darauf nicht, legte sich hin und hatte dabei ein ungutes Gefühl. Sie reichte ihm ein Kondom aus der Packung, das er ihr aber sofort aus der Hand schlug.

»Du Flittchen, ich mach dich fertig. Du verdammtes Luder.«

Sofort fiel er über sie her und versuchte ungeschützt in sie einzudringen. Sie fühlte sich dieser Situation heute nicht gewachsen. Es ging ihr alles gegen die Ehre, das dumme Gequatsche von diesem Idioten, und überhaupt. Hätte sie so etwas früher noch über sich ergehen lassen, diese Zeiten waren für sie jetzt vorbei.

Sie schubste ihn weg: »Ohne Kondom läuft gar nichts. Runterholen kann ich dir einen.«

Drohend kam er auf sie zu und holte zum Schlag aus. Geschickt wich sie aus. Sie war unsicher, wie sie ihre Funkverbindung zu Monique herstellen sollte. Dazu brauchte sie eigentlich nur einen Schalter unterhalb des Fensters direkt am Bett zu betätigen und Monique würde die brenzlige Situation mitbekommen und ihr zur Hilfe eilen. Allerdings befand sie sich dazu jetzt an der falschen Stelle.

Er hielt sie fest: »Und ob hier was läuft.« Dabei

zeigte er ihr seine Waffe, die mit einem Schalldämpfer versehen war und hielt sie ihr dann an die Stirn. »Los jetzt!«

Die Angst trieb ihr den Schweiß auf den Körper und lähmte sie innerlich. Sie ließ es geschehen und dachte an gar nichts mehr. Als er soweit war, wurde sie sich schlagartig ihres Hasses bewusst. Sie begann auf ihn einzuschlagen, ihn anzuschreien, sie trat ihn mit ihren spitzen Schuhen.

Kurzzeitig verlor er seine Balance, fiel auf den Boden, saß dort einen kurzen Moment wie konsterniert und griff dann nach seiner Waffe. Langsam stand er auf und ohne noch etwas zu sagen, schoss er wie wild drauf los, bis sich keine Kugel mehr löste. Sich seiner Lage bewusst werdend, schaute er irritiert und angsterfüllt um sich, steckte seine Waffe ein, sprang noch etwas unsicher auf die Tür zu, die er aufriss und ohne sie wieder zu schließen stürzte er davon zu seinem Wagen, während er gleichzeitig versuchte seinen Hosengürtel zu schließen.

Monique sah aus ihrem Fenster einen ziemlich alten Wagen mit aufheulendem Motor und quietschenden Reifen vom Parkplatz auf die Straße rasen. Im Hintergrund dudelte ihr Kassettenrekorder alte Schlagermelodien. Normalerweise konnte sie dabei wunderbar abschalten, aber jetzt schien ihr die Musik irgendwie unpassend. Kurz darauf bog ein anderer Wagen auf den Parkplatz, und parkte in unmittelbarer Nähe von Moniques Wagen.

Monique erkannte Maasberg. Er war, nachdem der Polizist mit seiner Kollegin ein weiteres Mal auf den Hof gekommen war, um noch einmal Hansens Zimmer zu inspizieren, in seinen Hobbykeller gegangen, hatte dort ein paar Übungen mit seinen Waffen absolviert und dann beschlossen doch noch mal bei seinen beiden Freundinnen vorbeizuschauen. Nach dem Rechten sehen, wie er sich ausdrückte.

Seit er vor fünf Jahren aus der Haft entlassen worden war, hatte er versucht, im neuen Dorf Kontakte aufzubauen. Zuerst sehr zaghaft, aber nachdem die ersten Versuche erfolgreich waren, was er überhaupt nicht erwartet hatte, hatte man ihn bald schon gefragt, ob er nicht dem Schützenverein beitreten wolle. Dann übernahm er den Hof von seinen Schwiegereltern. Seitdem hatte er die ebenfalls geerbte kleine Waffensammlung seines Schwiegervaters in Beschlag genommen, was seiner Frau zuerst nicht recht behagte. Im Keller des Hauses hatte er sich die Möglichkeit geschaffen, Schießübungen zu veranstalten.

Als er um Moniques Bus herumkam, klopfte er sogleich an ihrer Tür und sie öffnete ihm.

»Tag, Annette. War der Typ grad' hier bei dir?«

»Welcher Typ?«

»Na, der da grade mit seinem Wagen aus der Einfahrt schoss wie ein Irrer.«

»Nee, bei mir war keiner. Hier ist heut' nicht viel los.«

»Und drüben bei Stefanie?«

»Wie soll ich das wissen? Wir haben heute noch nicht miteinander gesprochen.«

»Ich seh' mal nach, ob alles in Ordnung ist. Ich glaub' nämlich, ich kenn' den. Wenn's überhaupt der war, den ich meine. Der wird nämlich grade von der Polizei gesucht.«

Maasberg war seit langem mit den beiden Frauen bekannt. Man konnte es vielleicht sogar als lockere Freundschaft bezeichnen, den auch der Umstand nahelegte, dass er sie mit ihren wirklichen Namen anredete. Sexuelle Kontakte pflegte er keine mit ihnen. Sie kannten auch seine Vergangenheit nicht. Anfangs war es für ihn so etwas wie die Fortsetzung seiner Therapie gewesen, was allerdings mehr einem Spiel mit dem Feuer glich und nicht ganz einfach war. Mit Männern, die nur reden wollten, hatten es Prostituierte zudem nicht so. Aber er hatte die kritische Phase überstanden und mittlerweile kümmerte er sich, meist wenn's irgendwelche Probleme gab, sei es an den Wagen oder ähnlichem. Zu reparieren gab es fast immer etwas.

In den Augen seiner Glaubensbrüder kümmerte er sich mit missionarischem Eifer um ›gefallene Engel‹. Den Kontakt zu denen pflegte er in letzter Zeit allerdings nurmehr sporadisch.

Maasberg traf unvorbereitet auf eine grausame Szenerie. Er sah Steffi in einer großen Blutlache liegen, die Augen wie vor Angst weit geöffnet. Aber ihr Blick war starr. Übelkeit überfiel ihn, er rannte zu Annette zurück.

»Was ist los?«

»Er hat sie umgebracht!«, stammelte er, »Steffi ist tot. Ruf die Polizei, schnell.« Er setzte sich auf das Trittbrett am Eingang, die Hände in den Kopf gestützt. Plötzlich überfiel ihn Panik: »Annette, ich muss weg. Erzähl der Polizei nichts von mir. Ich, ich ... erklär's dir später.«

Monique sah seinen Wagen fast so eilig davonrasen, wie den anderen zuvor. Bis die Polizei eintraf, rührte sie sich nicht von der Stelle, saß wie versteinert.

Der Mann in der Zentrale hatte Monique beruhigt, die von ihrem Handy aus die Polizei verständigt hatte. Sie solle Ruhe bewahren, die Kollegen würden in Kürze da sein.

»Legen Sie bitte noch nicht auf«, bat sie.

»Moment.« Sie hörte, wie er seine Kollegen unterrichtete und sie aufforderte sich zu beeilen. Dann war er wieder dran.

»Sagen Sie, wer tut so etwas, so etwas Grausames?«, fragte sie.

»Ich weiß es nicht. Aber Sie haben genau das Richtige getan, uns angerufen. Meine Kollegen werden Ihnen helfen. Versuchen Sie sich zu beruhigen. Ist jemand bei Ihnen?«

Sie ließ seine Frage unbeantwortet und war ganz in Gedanken versunken, als ihr, einige Minuten mussten verstrichen sein, ein Unbekannter, vorsichtig den Hörer aus der Hand nahm, ihrem Gesprächspartner seine Ankunft bestätigte und die Verbindung beendete. Sie war der Ohnmacht nahe.

Aalmann übergab sie dem ebenfalls eingetroffenen Notarzt und ging langsam und zögernd mit Fabinger zu dem anderen Campingbus. Es goss mittlerweile in Strömen.

Ihm reichte es, er war der Morde und der sie begleitenden Grausamkeit überdrüssig. Mehr noch: diese menschenverachtende Brutalität kotzte ihn an. Bolko und Sanders waren bereits dort, mit ihnen die Kollegen von der Spurensicherung.

»Brutale Vorgehensweise. Jede Menge Kugeln«, empfing Sanders sie. »Wo wir uns gerade mal sehen und ehe ich es vergesse, mein Kommissar, in Lemwerder, das war falscher Alarm. Nur zur Information im Auftrag von Fabroni und Overbeck.«

Sanders nahm alles immer furchtbar genau. Aber diesmal war Aalmann ihm dankbar, er fühlte kurzzeitig eine gewisse Erleichterung.

Aalmann und Fabinger warfen getrennt voneinander einen Blick in den Wagen und kehrten dann zum Notarzt zurück, um sich nach der Vernehmungsreife der Patientin zu erkundigen. Der hatte nichts dagegen, schlug aber einen anderen Ort vor.

»Wir nehmen Sie mit ins Büro. Dort können wir in aller Ruhe miteinander reden«, informierte Aalmann die sichtlich schockierte Frau.

»Okay. Können Sie meinen Bus abschließen und die Heizung ausschalten?!« Sie gab Fabinger ihre Schlüssel.

Danach begleiteten sie sie zu ihrem Wagen, sie stiegen ein und entfernten sich langsam.

Mit Religiosität konnte das hier nichts zu tun haben, dachte Aalmann. Die anderen Taten genau genommen auch nicht. Sie hatten diesmal auch keine Ankündigung oder etwas Ähnliches erhalten. Nichtmal einen netten Vers!

7

Im Büro bediente Aalmann als Erstes wieder einmal den Kaffeeautomaten. Ungefragt servierte er Monique einen Capuccino. »Geht's?«, fragte er sie. Sie nickte.

»Wie ist eigentlich Ihr Name?«

»Annette Jaburek, für Kunden allerdings Monique.«

»Und Ihre Nachbarin da draußen?«

»... Stefanie Wagner oder Mona. Sie war eine Freundin.«

»Wie alt war sie?«

»Achtundzwanzig.«

»Haben Sie irgendeinen Verdacht? Kennen Sie jemanden, mal abgesehen von der ohnehin schon beträchtlichen Gefährlichkeit Ihres Berufes, der es auf Frau Wagner abgesehen haben könnte oder haben Sie irgendetwas beobachtet, was uns vielleicht weiterhilft?«

»Einen Verdacht habe ich keinen. Stefanie war überaus liebenswert. Ich kann mir nicht vorstellen, dass sie einen Feind hatte. Aber heute gegen Abend, da ist mir ein Wagen aufgefallen, der's offensichtlich ziemlich eilig hatte. Der fuhr mit heulendem Motor und quietschenden Reifen vom Parkplatz weg. Maasberg hat ihn auch gesehen.«

»Wer?«

»Ich weiß doch nicht, wer's war. Ich hab' nur das Auto gesehen.«

»Nein, nein. Ich meine, wer den Wagen auch gesehen hat? Den Namen, den Sie gerade genannt haben.«

Mit einem Mal fiel ihr ein, dass sie Maasbergs Namen nicht hatte erwähnen sollen. Das hatte sie jetzt versäumt. Aber warum eigentlich? Hatte der was zu verbergen.

Sie stockte. »Maasberg«, sagte sie ganz leise.

»Walter Maasberg?«

Sie zögerte. »Ja.«

»Sie wissen, dass er vorbestraft ist?«

»Nein, weiß ich nicht. Was hat er denn ...?«

»Prostituiertenmord, mehrfach. Ist zwar Jahre her, aber ...«

»Was? Der? Oh Gott, das glaub' ich nicht ... Der ist doch ... Nein, das kann nicht sein. Sie müssen ihn verwechseln. Also, der Maasberg, den ich kenne, ist ein bemerkenswert netter und sehr hilfsbereiter Mensch. Er kann einem schon mal auf den Geist gehen, aber so was, wirklich nicht, nein ...«

Anke betrat den Raum, flüsterte erst mit Fabinger und bat anschließend Aalmann kurz herauszukommen. Sie zeigte ihm einen kleinen Gegenstand in der üblichen kleinen Plastiktüte.

»Vom Tatort.«

Aalmann inspizierte den Gegenstand genauer. »Der Fundort ist der Tatort?«, fragte er sie unterdessen.

»Mit ziemlicher Sicherheit.«

»Ist ja dann mal was anderes als in der letzten Zeit üblich. Und das hier ist wohl ein Hakenkreuz als Schlüsselanhänger. Absichtlich oder unabsichtlich verloren?«

Anke zuckte mit den Schultern.

Aalmann kehrte zurück und begann dort fortzufahren, wo er stehen geblieben war. »Also, auch wenn Sie es nicht glauben, Walter Maasberg ist genau der, den ich Ihnen beschrieben habe. Seine Taten liegen zwar schon lange zurück, er gilt auch als geheilt, aber ... Dass wir ihn verwechseln ist überaus unwahrscheinlich, so viele gibt's mit dem Namen gar nicht.«

Monique kam ins Grübeln. Wenn das stimmte, dann wusste sie nicht, welche Konsequenzen daraus zu ziehen waren. Ihm vorurteilsfrei zu begegnen, dürfte zukünftig nahezu unmöglich sein. Auf jeden Fall beschloss sie in Bezug auf Maasberg mit nichts hinter dem Berg zu halten.

»Woher kennen Sie ihn denn?«, fragte Fabinger weiter.

»Ist schon Jahre her, vielleicht so circa vier, ich weiß nicht mehr genau. Auf jeden Fall tauchte er einfach auf, wie die Freier halt auch. Das er 'n bisschen merkwürdig war, stellte sich sofort heraus, weil er mit uns nichts anstellen wollte. Er kam auch nicht in den Wagen, blieb immer draußen stehen.«

»Stefanie kannte ihn also auch, genauso wie Sie ihn, oder wie?«

»Ja, klar. Wer von uns ihn zuerst kennen gelernt hat, weiß ich nicht mehr. Damals standen wir noch öfter in der Lemwerder Gegend, als es die Werft noch gab.«

»Und wie hat es sich dann entwickelt, ich meine Ihre Bekanntschaft?« Fabinger konnte eine gewisse Süffisanz nicht unterdrücken.

»Na, gar nicht. Zumindest nicht so, wie Sie sich das vielleicht vorstellen. Bis heute hat er sich nicht an uns rangemacht, es wurde wirklich so ein Verhältnis, vielleicht so wie man sich's unter guten Nachbarn vorstellen kann. Wenn an unseren Wagen was war, hat er sich drum gekümmert. So'ne Art Hausmeister, irgendwie. Der Kontakt war auch gar nicht immer persönlich. Wenn er zu viel zu tun hatte, dann rief er manchmal auch einfach nur an, um zu hören, ob alles klar war. Also, beim besten Willen, was Sie da erzählen, kann ich nicht glauben.«

»Und wie war es heute?«, wollte Aalmann wissen.

»Er kam irgendwie 'n bisschen aufgeregt an meine Tür und löcherte mich gleich, wegen irgendeinem

Typ ... Ob der bei mir gewesen sei, er hätte ihn vom Parkplatz wegrauschen sehen und dass der von der Polizei gesucht würde. Wegfahren habe ich den Wagen auch gesehen. Bei mir war aber kurz zuvor keiner, sowieso irgendwie 'n ruhiger Tag, und dann wollte er rauskriegen, ob der vielleicht bei Steffi war. Da ist er dann hin, und ...« Die Realität wurde ihr wieder bewusst und begann ihr erneut zuzusetzen. »Er kam sofort zurück. ›Ruf schnell die Polizei!‹ sagte er, ›Steffi ist tot.‹ « Sie begann zu schluchzen. »Er saß kurz vorm Eingang und dann hatte er's plötzlich furchtbar eilig, ich sollte der Polizei nichts von ihm erzählen, hat er mich noch gebeten. Weg war er und ich hab' dann ja hier angerufen.«

Aalmann und Fabinger schwiegen eine Weile.

»Tja, wenn Sie uns sonst nichts mehr zu sagen haben, können wir Sie eigentlich nach Hause fahren. Sollte Ihnen noch was einfallen, rufen Sie uns bitte an. Und von Maasberg halten Sie sich besser vorerst einmal fern.«

Sie verabschiedeten sich und Aalmann musste versprechen, von sich hören zu lassen. Er hatte sich so aufs Wochenende gefreut, wollte sich's nicht vermasseln lassen und entschloss sich von daher statt selbst mit Anke Bolko nach Krögerdorf zu fahren, sie mit Sanders am Abend nochmal zu Maasberg zu schicken, ihn kannten die ja schon. Und morgen konnten sie ihm dann telefonisch ihre Ergebnisse mitteilen. Es war 19.18 Uhr als er das Büro verließ. Das Ende der ersten Woche des Jahres.

8

Julietta wartete schon auf ihn. Sie hatten eigentlich ins Kino gehen wollen, Roberto Benignis »Das Leben ist schön«. Bernard hatte aufgrund des Filmthemas schon am Morgen Bedenken angemeldet. Ein Film über das Leben eines kleinen Jungen und seines Vaters im Konzentrationslager, konnte er sich nur schwer nach einem langen Arbeitstag vorstellen. Aber Julietta hatte ihn genauer informiert, das Amüsante daran konnte er sich zwar nicht so recht vorstellen, aber so hatte das Vorhaben trotz der Vorbehalte seine Zustimmung gefunden. Aber leider war es dafür nun zu spät.

Solche Probleme kannte sie. Sie gehörten mittlerweile zu ihrem Alltag, sodass sie ihnen seit einiger Zeit ganz pragmatisch zuvorkam, indem sie meist eine Alternative in petto hatte. Von daher hatte Julietta am Nachmittag für ein einfaches aber überaus schmackhaftes Abendessen eingekauft und auch einen passenden Wein ausgewählt.

Die Kinder waren schon früh in den Betten. Wenn sie auch noch nicht schliefen, lasen oder malten sie oder beschäftigten sich anderweitig.

Als Bernard aus dem Bad kam, war seine Frau

bereits mitten im Kochvorgang, grüne und weiße Bandnudeln mit Pilz-Sahne-Soße. Ein angenehmer Duft zog durch die Wohnung, der die ältere der beiden Töchter noch einmal neugierig durch die Tür schauen ließ.

»Du kochst noch? Gibt's was Leckeres?«

»Nicht mehr für dich, meine Große«, sagte Julietta, »ihr habt schon gegessen. Außerdem wollen Papa und ich mal in aller Ruhe ...«

»Oh ja, ich weiß schon«, sagte sie in ihrem manchmal altklugen Ton, »dann bin ich hier ja wohl überflüssig.«

»Allerdings«, bekräftigte Julietta lächelnd.

»Na dann, gute Nacht.« Beide erhielten einen zärtlichen Kuss und Bernard umarmte seine Tochter innig.

Der Chianti Classico von San Vito, von dem leider nur noch wenige Flaschen im Keller lagerten, war bereits entkorkt. Er goss sich und Julietta ein und stieß mit ihr an.

»Salute.« Nach kurzer Pause: »Hätten wir die Kinder nicht, es wäre doch recht trostlos, oder? Ich meine, sooft sie einem auch auf den Wecker gehen, ohne sie wäre doch alles irgendwie nichts. Das hätte ich mir vor Jahren noch nicht träumen lassen, dass sie, neben dir natürlich, mal meinen Lebensmittelpunkt bilden würden. Irgendwo las ich neulich, dass es einzig die Kinder seien, wegen denen es sich zu leben lohne. Zugegeben eine einerseits sehr wehmütige Einsicht, weil vieles was das Leben ausmachen könnte, darin keinen Platz findet. Aber ich empfinde es zunehmend auch so, neben den Kindern verblasst doch das meiste, erhält zumindest einen völlig untergeordneten Stellenwert, oder?«

»Du bist ja heute so tiefsinnig und philosophisch. Aber du hast Recht. Allerdings in Bezug auf dein alltägliches Leben deckt sich deine Aussage nicht so recht mit der Realität. Von jemandem, der so was sagt, würde man doch erwarten, dass er wesentlich mehr Zeit mit seinen Kindern verbringt. Da hinkst du aber ganz schön hinterher.«

Das wusste er. Und sie wusste, dass sie damit einen wunden Punkt angesprochen hatte, den er lieber heute als morgen einer Änderung unterziehen würde.

»Was soll ich machen?«

Eine gewisse Resignation war ihm anzumerken. Er fühlte sich noch relativ jung, hatte die Karriereleiter, die sich ihm glücklicherweise geboten hatte, sehr schnell erklommen. Jetzt begann langsam die Routine einzukehren, was man positiv oder negativ sehen mochte. Für Julietta boten die Verhältnisse nun eine sich allmählich wieder einstellende Freiheit, die sie genoss. Allerdings hätte sie allzu gerne auch wieder in ihrem Beruf gearbeitet. Schon, weil sie gerne unter Menschen war.

Eventuell könnte sie an zwei Vormittagen in der Buchhandlung, in der sie für die ganze Familie Lesestoff besorgte, arbeiten. In der Kinder- und Jugendbuchabteilung gab es im Moment personelle Probleme und man hatte ihr das auch schon angeboten. Aalmann fiel es nicht schwer dafür Verständnis zu haben. Von Langeweile war in seinem Job keine Spur, wäre es anders, hätte er es sicher auch nicht ertragen. Einige Jahre würde das in seinem Beruf so sicher noch weitergehen, aber er wäre auch froh, wenn er ab und an mehr Zeit für sich erübrigen könnte.

Aber alles zu haben, wie man es landläufig ausdrückte, war überaus schwierig und für ihn eigentlich auch nie erstrebenswert gewesen. Dieser Gestus der Wir-sind-rundum-glücklich-Wohlständler hatte für ihn etwas Egomanes und Spießiges, es war eine kleine Welt, in der diese Menschen zu leben versuchten. Trotzdem, die Frage einer weitergehenden Perspektive würde sich auf kurz oder lang stellen, dessen war er sich bewusst.

Beim Essen berichtete Julietta von ihrem Tag und von dem sie dabei begleitenden, eher ungewohnten Gefühl, das aber sicher jeder kennen mochte, der zu neuen Ufern aufbrach. Bei ihr, nach all den Jahren zu Hause bei den Kindern, war es allerdings so, dass es einem regelrechten Neubeginn gleichkam und sie sich an gewisse Modalitäten erst wieder würde gewöhnen müssen. Die Aussicht auf den neuen Job beflügelte sie geradezu, auch wenn manches für sie sicher völlig anders sein würde.

Das Nudelgericht schmeckte hervorragend, die Flasche Vino passte bestens und war daher schnell geleert. Beide überfiel allmählich eine nicht zu ignorierende Müdigkeit. Nach den Spätnachrichten begaben sie sich zu Bett und eng aneinandergeschmiegt schliefen sie schnell ein.

Irgendwann hörte er in der Nacht seine jüngste Tochter die Treppe zu ihrem Schlafzimmer hoch steigen. Sie schlich sich ans Bett, kroch zu ihnen und legte sich auf die Ritze zwischen beiden Matratzen. Wie sich entschuldigend, hörte er sie von einem schlechten Traum reden und davon, dass sie nicht mehr einschlafen könne. Er sagte nichts, zog sie nur zärtlich näher zu sich, deckte sie zu und schlief mit sich und der Welt zufrieden wieder ein.

9

Es war noch stockdunkel in der Nacht zu Sonntag, als ihn das Telefon, das auf seinem Nachtschrank lag, weckte.

Schlaftrunken betätigte Aalmann erst die Beleuchtung seines Weckers, um nach der Uhrzeit zu schauen, wobei er sich nicht bewusst machte, dass von erneutem Klingeln die Kinder oder Julietta geweckt werden konnten. Erst als er Nina neben sich schnaufen hörte, griff er schnell das Gerät, verließ fluchtartig sein Bett, um in der Küche, ohne jemanden zu stören, telefonieren zu können.

Es war Winkler aus der Zentrale, spürbar aufgeregt. Er entschuldigte sich allzu förmlich, wie es seine Art war, für die Störung – obwohl er sehr aufgewühlt schien, nahm er sich dazu die Zeit. Aalmann fragte sich, ob dieser Umstand eher für oder gegen ihn sprach.

»Anke Bolko meint, du solltest dich unbedingt sofort auf den Weg begeben. Es könnte möglicherweise ein Zusammenhang zu euren letzten Fällen bestehen.«

»So. Meint sie das. Und wohin sollte mich dieser

Weg führen?« Er mußte gähnen. Winkler nannte ihm Namen und Adresse. Es durfte nicht wahr sein. Was war das hier? Höher, schneller, weiter, mehr? Wollte jemand einen Rekord aufstellen?

Aalmann war es sehr schwer gefallen, sich in seine Klamotten zu schwingen. Im Bett war es warm und bequem gewesen und draußen war es stockdüster, der Nebel hing tief und zudem hatte es zu regnen begonnen. Es sah ungemütlich aus. Er wusste nicht, was los war; war völlig irritiert aufgrund der unglaublich schnellen Folge der kriminellen Taten, die ihnen serviert wurden. Aber es galt sich zu beeilen, obwohl er von der Mordkommission für diesen Einbruchsfall eigentlich nicht zuständig war.

Antje Wolf war die grüne Bundestagsabgeordnete der Region. Als für eine Bedrohung infrage kommende Person galt sie schon seit längerem. Wirklich bedroht wurde sie aber erst, seitdem sie in einem überregional veröffentlichten Interview zur Lage und zur Bekämpfung des Rechtsextremismus deutlich Stellung bezogen hatte.

Aalmann aber auch Fabinger, der ansonsten eine andere politische Auffassung vertrat, hatten Antje Wolf immer als überaus kompetente und integre, trotzdem die sachliche Auseinandersetzung nicht scheuende Person wahrgenommen, die es nicht gewohnt war, ein Blatt vor den

Mund zu nehmen. Und gerade vermutlich deswegen, hatte man versucht, sie mit einer Art ›Wundertüte‹ zu bedenken, was auch vor kurzem erst gelungen war.

Eine leichte Verletzung an der Hand und ein Knalltrauma hatte sie davongetragen, denn der unscheinbare Brief hatte sie zu Hause erreicht und dort öffnete sie selbst ihre Post. In Berlin hätte jemand im Sekretariat den Schrecken und die Verletzung davongetragen.

Die Rechten hatten viele Namen unbeliebter Persönlichkeiten auf ihrer Liste, wenn dann von denen einer auch noch den Mund zu weit aufmachte, war er für einen kleinen Racheakt prädestiniert.

Und diese Wolf hatte nun, mitten in der Nacht, die Polizei verständigt, mit der Vermutung, es seien Einbrecher bei ihr im Haus.

Aalmann holte leise aber zügig seinen Wagen aus der Garage. Es war verdammt kalt, er schätzte knapp über Null. Er fingerte nach einer Zigarette. Erst als er aus der Straße bog, beschleunigte er erheblich.

Antje Wolfs Haus stand in Warfleth, unmittelbar an der Weser. Er fuhr gebremst in die Straße, die Winkler ihm genannt hatte und traf auch sofort auf einige Kollegen, obwohl das Haus am Ende der, wie sich zeigte, sehr kurzen Straße stand.

Er parkte, stieg aus und fragte nach der Kollegin Bolko.

Wie eigentlich zu erwarten, stand sie unmittelbar in der Nähe des Eingangs zum Grundstück des observierten Hauses.

»Und?«, fragte er. Der Vorwurf, ihn zu dieser Nachtzeit bemüht zu haben, war nicht zu überhören.

»Sorry. Aber wir brauchen dich wirklich, Robert. Das ist hier nicht irgendein Fall. Um wen es sich handelt, weißt du?«

»Ist schon okay«, stimmte er sich selbst versöhnlich. »Winkler sagte: Wolf, MdB. Wohnt ja hier ganz nett, die Gute«, kommentierte er den auch in der Dunkelheit nicht zu übersehenden Wohlstand in dieser Gegend. »Was ist da drin jetzt los? Hat sich ein ihr feindlich gesonnenes Subjekt dort eingeschlichen?«

»Das vermuten wir beziehungsweise vermutete sie selbst telefonisch. Wir sind erst kurz vor dir hier angekommen. Sie scheint dort allein zu wohnen, zumindest war wohl eben niemand bei ihr. Ich habe gerade versucht, sie noch mal ans Telefon zu kriegen, aber sie hebt nicht ab. Das beunruhigt mich, ehrlich gesagt. Hast du 'ne Idee, was zu tun ist.«

»Was Merkwürdiges zu sehen war noch nicht?«

»Nein, nichts.«

»Hm. Lass uns doch einfach mal nachschauen!«

Sie gingen zur Haustür. Das Haus war erleuchtet, auch vor dem Eingang brannte Licht. In den Zimmern im Erdgeschoss war, soweit man Einblick hatte, niemand zu sehen. Die Tür besaß eine kleine ovale Scheibe, durch die man in den ebenfalls erleuchteten Hausflur sehen konnte. Nichts. An der Klingel stand kein Name und Aalmann deutete Anke Bolko per Handzeichen an zu läuten. Nichts. Dann fiel ihnen auf, dass die Haustür nur angelehnt war. Anke Bolko winkte Sanders und die beiden Streifenpolizisten herbei. Dann betraten sie mit gezogenen Schusswaffen das Haus.

»Hallo? Frau Wolf?«, rief Aalmann ruhig. Nachdem sich nichts rührte: »Frau Wolf. Sind Sie da?«

Nichts. Aalmann stürmte die Treppe zum oberen Stockwerk hinauf, Anke Bolko folgte ihm, während Sanders und die beiden Kollegen das untere Stockwerk inspizierten. Mit einem bestimmten Maß an Vorsicht, aber auch sichtlich ungeduldig, stieß Aalmann sämtliche Türen auf und rief dabei mehrfach nach der Hausbewohnerin.

»Verdammt. Die sind ausgeflogen. Was das bedeutet, möchte ich mir nicht ausmalen. Eine schöne Scheiße!« Er trat gegen das Treppengeländer, beherrschte sich aber sofort wieder.

»Wenn ihr mich fragt, hat sie sich einer eingepackt.« Sanders konnte sich nicht beherrschen.

»Eine Entführung. Also, los. Fahndung raus, VIP, oberste Dringlichkeit«, befahl Aalmann.

»Und wenn alles anders ist als wir es vermuten?«, wollte Sanders wissen.

»Dann haben wir trotzdem keinen Fehler begangen. Sicher ist sicher«, befand Anke Bolko.

»Was wissen wir Stichhaltiges über sie: engagierte Grüne seit Jahr und Tag, Mitglied des Bundestags seit mehreren Jahren ...«, Aalmann sammelte Fakten.

»Feministin; Lesbe, soweit ich weiß, aber ich bin da ziemlich sicher; attraktiv und selbstbewusst; aktives Mitglied von Amnesty. Spezialität: Frauenpolitik.«

»Bist ja richtig informiert, Anke«, stichelte Sanders.

»Und jetzt du«, forderte Aalmann Sanders heraus, das Gestänker ging ihm auf den Geist. Er wunderte sich, wie Anke Bolko und Sanders überhaupt miteinander auskommen konnten, wo sie doch, so unterschiedlich sie beide waren, ständig zusammen arbeiteten.

»Neulich hat sie sich in einem Interview mächtig gegen des Volkes rechtäugige Blindheit gewandt, irgendwie im Zusammenhang mit dem Verfassungsschutzbericht, mehr Prävention von Seiten des Staates und vom Bürger mehr Sensibilität und Zivilcourage gefordert. Es ging dann noch in Details, aber so etwas kann einen hier und da recht unbeliebt machen. Aus dem Osten hört man diesbezüglich auch wilde Geschichten ...«

»Soweit ist es also schon wieder«, kommentierte Anke Bolko, ließ die beiden aber stehen, um selbst die Fahndung rauszugeben.

»Ich sage nur: Brandenburg.« Sanders versuchte einen Zusammenhang zu Hansen herzustellen. Aalmann hatte es gehört.

Jetzt war es kurz nach halb sechs. Kurz nach vier hatte das Telefon geklingelt und ihn geweckt. Nachdem sie an Ort und Stelle alles erledigt hatten ließ er sich von Anke Bolko in seinem Wagen ins Büro fahren. Jetzt noch mal nach Hause und ins Bett, dafür fehlte ihm die Ruhe, die anfängliche Müdigkeit war wie verflogen, er spürte sie zumindest nicht mehr.

Sanders hatte er nach Hause geschickt, seine Schicht war sowieso zu Ende. Er sollte sich allerdings bereithalten. Die Streifenpolizisten in zivil hatten sich auf der anderen Straßenseite des Wolfschen Hauses in ihrem Wagen postiert.

»Solche Leute werden doch eigentlich immer medienwirksamer entführt«, sinnierte Aalmann, »›beim Joggen im noblen Vorort ...‹«

»Stimmt nicht. Erstens, so 'ne große Nummer ist sie ja nun auch wieder nicht; was nicht heißt, dass sie's nicht noch wird. Und zweitens: denk an den Fall Reemtsma, den kannten auch nur wenige, und dann: vor seinem Haus, ruckzuck, weg war er.«

»Hast Recht. Sollte auch mehr ein Scherz sein!«

»Mal das Buch von Reemtsma gelesen?«

»Nö, sollte ich?«

»Hhm, ja. Kann nicht schaden. Ich leihe es dir mal aus.«

»Mich hat das wirklich stark beeindruckt, sein Bericht über die Gefangenschaft in diesem Kellerloch. Er beschreibt die Gefühle, die einen Zustand der erzwungenen Passivität, des Ausgeliefertseins an die Willkür von solchen Gangstern begleiten. Er beschreibt den Verlauf dieser Tage, die vor allem aus Todesangst und Warten bestanden – die Scham, in eine solche Lage geraten zu sein, den Hass auf die Verbrecher und die Dankbarkeit wider Willen, wenn sie eine menschliche Regung zeigten. Das sind Erfahrungen, die mit normalen psychischen Regularien nicht bewältigt werden können, und die darum auch nicht folgenlos bleiben.«

»Wen höre ich da? ... Bernard, Mensch. Wenn du so weitermachst, laden sie dich sicher schon bald in eine dieser Literatur-Talkshows im Fernsehen ein. Da kannst du echt mithalten.«

»Ach was, 'tschuldige ...« Aalmann nestelte in seiner Hosentasche herum.

»Nein, nein, war schon in Ordnung ... aber bei der Reemtsma-Entführung hat doch wohl mehr das richtig große Geld eine Rolle gespielt, unser Fall hier scheint dann doch eher politisch motiviert zu sein. Könnte natürlich trotzdem auf eine Lösegeldforderung herauslaufen.«

»Die Frage ist, was wirklich mit ihr geschehen ist. Da fällt mir ein, wir müssen ihre Familie noch benachrichtigen. Also, sollte sie tatsächlich gekidnappt sein, dann dürfte sich ja in Bälde jemand rühren, ganz gleich, was er will.«

Jedenfalls zeigten sich in diesem Fall mehrere Opfereigenschaften: Politisch engagiert und einer sexuellen ›Minderheit‹ angehörend.

Sanders hatte Recht, wenn sie diesen Hansen schon mal hätten, wären sie vermutlich ein echtes Stück weiter.

Im Büro legt sich Aalmann auf das kurze Sofa, das er sich für seine Grübelphasen seinerzeit ausbedungen hatte, harrend der Dinge, die da kommen mochten. Er schlief aber nicht, sondern dachte nach. Er hoffte, es in einem Entführungsfall mit Profis zu tun zu haben, für Amateure fehlten ihm echt die Nerven.

Sollte es sich um Letztere handeln, dann hoffte er zudem inständig, sie selbst würden die dafür nötigen Nerven beweisen. Ein Entführungsfall einer öffentlichen Person, der mit dem Tod der

Betroffenen enden würde, das war oft das Ergebnis wenn es sich um Neulinge in der Branche handelte.

Überhaupt gab es derzeit immer noch mehr Fragen als Antworten. Warum hatten sie die Hinweise auf die Taten erst erhalten, nachdem sie bereits vollzogen waren? Das machte nur Sinn, wenn man diese religiöse Mitteilungsbedürftigkeit, diesen Eifer mit in Betracht zog. Oder war alles einfach nur von mangelnder Professionalität begleitet, soweit man in diesen Zusammenhängen einen solchen Begriff überhaupt verwenden konnte.

Möglich war aber auch, dass Maasberg hier eins ausgewischt werden sollte, vielleicht von Hansen und seinen Freunden, da die Taten auffällig an seine Vergangenheit erinnerten. Andererseits gab es solche oder ähnliche Fälle wie der von Maasberg so selten nicht, als dass er von vornherein eindeutig und ausschließlich auf ihn hinweisen musste. Andererseits war da die berufliche Beziehung zwischen Hansen und Maasberg. Aalmann erinnerte sich daran, dass ihm einige Ergebnisse noch immer nicht vorlagen.

»Anke.« Er rief nach ihr. Als sich nichts rührte, rief er noch mal: »Anke Bolko.«

Sie kam aus dem Nebenzimmer in sein Büro.

»Du hast mir noch gar nichts von eurem Besuch gestern Abend bei Maasberg erzählt«, monierte er.

»Sanders auch nicht?«

»Nein. Wann auch!«

»Na ja, ich dachte. Also gut. Wir waren bei ihm, haben ihn auch angetroffen, und er war eigentlich so wie du es von den letzten Malen berichtet hast. Einen auffällig nervösen Eindruck machte er jedenfalls nicht. Gleich vorab, eh ich's vergesse. Du sprachst doch neulich davon, dass er verheiratet sei, Kinder habe und so. Aber nie sieht man jemanden bei ihm, immer wenn wir bislang bei ihm waren, war er allein.«

»Ja, stimmt«, sagte er, »die Kinder sind schon aus dem Haus, studieren beide und sind Kommilitonen von Kadar gewesen, soweit ich weiß. Dass die Frau nie da ist, ist allerdings eigentümlich. Vielleicht hat er sich von ihr getrennt. Sollten wir gelegentlich mal klären.«

»Ja, das mit den Kindern war mir klar ... Auf unsere Fragen hat er bereitwillig Auskunft gegeben. Entweder ist der so harmlos oder er tut nur so, Letzteres scheint mir dann auf eine Gefahr hinzudeuten. Mit Kadar war das so, dass der sich bei ihm ein wenig zum Studium dazu verdienen wollte. Nachdem er Hansen gekündigt hatte, brauchte Maasberg ja jemand Neues. Hatte 'ne Annonce in der Zeitung aufgegeben. Da sich daraufhin niemand meldete, bat er eben seine Kinder, sich doch mal umzuhören. Und die wussten von Kadar, dass er einen Job suchte und gaben ihm den Hinweis.

So erklärt sich auch die Anteilnahme an dessen Tod mit dem Kranz auf dem Grab. Einen Reim auf eine mögliche Täterschaft Hansens konnte Maasberg sich nicht machen. Obwohl, finde ich, hier Neid doch ein Motiv wäre.«

»Und was hatte er Entlastendes zu seinen beiden Freundinnen zu sagen.«

»Er hat nichts abgestritten sondern alles bestätigt. Es gibt also von dort rein gar nichts Neues. Doch, pardon, etwas gibt es noch. Den Typen, der sich laut Monique mit Höchstgeschwindigkeit von besagtem Parkplatz entfernt haben soll, hält Maasberg für Hansen. Und, nicht unwichtig, er konnte uns die Nachnamen von Hansens Freunden nennen: Stabenau und Kabakov. Er sagte, sie seien ihm wieder eingefallen.«

»Einfach so wieder eingefallen. Aha. Aber uns deswegen mal anzurufen, das fällt ihm nicht ein?« Aalmann wurde langsam sauer.

»Wir haben uns gestern noch schlau gemacht, Sanders und ich, mit Namen Stabenau gibt's nicht viele, der Einzige in dem in Frage kommenden Alter ist ein Alexander. Er lebt scheinbar allein, war aber nicht zu Hause anzutreffen. Sanders hat ihn auch zur Fahndung ausgeschrieben. Der andere heißt Kabakov mit V oder mit W am Ende, der allerdings taucht nirgendwo auf, schlichtweg unbekannt.«

»Na bitte.« Jede noch so kleine positive Entwicklung gab Aalmann Auftrieb. Er schwang sich von seinem Zweisitzer. »Aber eine Erklärung für sein Verhalten hatte Maasberg nicht?«

»Ich glaube«, sagte Anke Bolko, »dass in ihm die unverhoffte Konfrontation mit der Polizei Assoziationen und Erinnerungen an seine Vergangenheit geweckt hatte. Das merkte man ihm irgendwie auch an. Ich finde das durchaus verständlich. Und außerdem, denke ich, du bist so von seiner Unschuld überzeugt ...?«

Die Sonntagszeitung brachte jede Menge beunruhigende Nachrichten aus dem Kosovo. Der Bericht über den Mord an der Prostituierten am Vortag fiel erstaunlich knapp und nüchtern aus.

Nachdem Aalmann dort keine inspirierenden Vermutungen lesen konnte, blätterte er eher desinteressiert weiter und fand noch etwas, das seine Aufmerksamkeit erregte.

Es war eine Reaktion auf offensichtlich ebenfalls in dieser Zeitung publizierte Thesen eines Hannoveraner Kriminologen, der die Gewalt gegen Ausländer im Osten Deutschlands mit dem einstigen sozialistischen Gruppendrill bereits von der Kinderkrippe an in engen Zusammenhang brachte.

Der Verfasser dieser Replik, ein Psychoanalytiker aus Leipzig, versuchte sich unter anderem an einer Charakteristik des politischen Gewalttäters schlechthin: Er hat die Möglichkeit, mitmenschliche Gefühle und Bindungen gegenüber

Menschen zu kappen, denen er die Zugehörigkeit zum Menschsein abspricht. »Unmenschen«, »rassisch Minderwertige« oder »Volksfeinde« können ausgerottet werden, während er andererseits in der Familie zärtliche Gefühle auszutauschen in der Lage ist und einen zuverlässigen Freund darzustellen vermag.

Aalmann war gerade dabei, sich diesen Artikel sauber auszuschneiden, als Julietta anrief.

»Einen schönen Sonntagmorgen wünsch' ich«, sagte sie. »Du gehst nicht zufällig frische Brötchen holen?«

10

Steve Taylor erhielt Nachrichten, die ihn beunruhigten. Seine deutschen Freunde machten ihm Kummer. Gewöhnlichen Kriminellen ging er bei seiner Arbeit möglichst aus dem Weg, mochten sie auch vorgeben noch so religiös oder politisch motiviert zu sein. Für ihn waren sie meist hinderlich und unangenehm. Und was er von Hansen, Olov Kabakov und Alex Stabenau hörte, machte ihn nachdenklich.

Walters, ihr Mann in Deutschland, hatte ihm das Neueste mitgeteilt. Er hatte sich schon gedacht, dass es nicht einfach werden würde, diese deutschen Rechtsausleger in ihre Bewegung einzubeziehen. Die Taten, derer sie verdächtigt wurden, waren zwar aus ihren Lehren bei den ›Fighters‹ in letzter Konsequenz nachzuvollziehen. Aber ein derartig brutales Vorgehen zu diesem Zeitpunkt hielt er für inakzeptabel. Demnach konnte diese ›KILL‹-E-Mail auch von ihnen stammen. Dann waren sie allerdings wirklich unberechenbar, was sie als Helfershelfer in Deutschland, seiner Auffassung nach, disqualifizierte.

Dass er möglicherweise der einzige in der Führung war, der diese Position vertrat, dessen war er sich bewusst. Vielen ging alles nicht schnell genug, ihnen war nahezu jedes Mittel recht und seine Arbeit galt ihnen nur als schmückendes Beiwerk. Die Bewegung durfte nach außen hin, fand er, keinesfalls mit einer wie auch immer gearteten Kriminalität in Verbindung gebracht werden.

Dass es Situationen gab, die davon ausgenommen waren, war ihm bewusst. Diejenige beim nächtlichen Besuch der Bar in Deutschland zählte er aber nicht dazu. Diese Eskalation hatte ihn schon in Bezug auf seine deutschen Freunde vorsichtiger werden lassen. Wenn sein eigener Name mit dieser Begebenheit in Zusammenhang gebracht würde, wäre das fatal. Zum Glück hatte er sich rechtzeitig aus dem Staub machen können, den beiden jungen Ausländern war damit natürlich nicht geholfen gewesen. Die Rettung seiner eigenen Haut und die Gefahr der Schädigung seines Rufes, wenn ruchbar geworden wäre, dass er als einer der führenden ideologischen Köpfe der ›God's Fighters‹ sich bei einem Auslandsbesuch nächtens in zwielichtigen Nachtklubs aufhielt, waren ihm an diesem Punkt wichtiger gewesen.

Nach wie vor behagte ihm dieses Ausmaß an Brutalität nicht, vielleicht war er diesbezüglich noch zu sehr alten Idealen verhaftet. Mit dem Aufstieg des jungen Ed Lambert in den »Rat der Weisen« hatte sich einiges verändert. In Zukunft würde er wohl eher vermehrt gezwungen sein, sich damit zu arrangieren oder aber Konsequenzen zu ziehen.

Staatliche Autorität bedeutete zwar auch ihm mittlerweile nicht mehr viel, für sie alle sprach die Bibel das letzte Wort. Ihrer alttestamentarischen Überzeugung nach war Gott nun mal ein Gott des Krieges, der die weiße Rasse zum auserwählten Volk erkoren hatte. Und es gab viel zu tun für sie. Seine Überzeugung war für ihn allerdings selten frei von Zweifel gewesen.

Momentan konzentrierte sich die Bewegung auf den Kampf gegen Abtreibung und Homosexualität im Besonderen und gegen die so genannte »Neue Weltordnung« im Allgemeinen. Seine Aufgabe war dabei nun die theoretische Aufrüstung der Glaubensbrüder und anderer mittels ihrer Website im Internet, die dafür eine ideale Plattform bot und das über alle Ländergrenzen hinweg.

Aktualisiert werden mussten auch die internationalen »Steckbriefe« derjenigen Mediziner, die Abtreibungen vornahmen, sowie derjenigen, die sie öffentlich befürworteten. Der Titel dieser Listen, die Bezeichnung »Steckbrief« implizierte aufs deutlichste ihre Absicht, zumal nicht nur die Namen genannt, sondern auch Anschriften, oft auch Telefonnummern und Autokennzeichen aufgeführt wurden. Wie erfolgreich diese Kampagne war, zeigte die Tatsache, dass bei den Medizinern im letzten Jahr einige Namen als erledigt zu kennzeichnen gewesen waren und somit die Liste verkürzt hatten.

Den Namen Antje Wolf hatte er auf Hinweis aus Deutschland erst bei einem seiner letzten Updates in die Liste der Abtreibungsbefürworter aufgenommen.

Ihr neuer Mann in Deutschland sollte, sozusagen als Einstand diesen Fall in die Hand nehmen. Aller Voraussicht nach würde dabei außerdem eine stattliche Summe für sie herausspringen.

11

Maasberg kam spät am Abend aus dem Stall, wo er noch zu tun gehabt hatte. Seitdem seine Frau aufgrund der schweren Krankheit seiner alten Mutter jetzt öfter nicht da war, arbeitete er noch mehr. Gezwungen war er dazu noch zusätzlich durch den erschwerenden Umstand, dass ihm momentan kein Gehilfe zur Verfügung stand.

Den ganzen Tag hatte er über die Ereignisse der letzten Zeit nachgedacht. Zwischendurch hatte er mit Annette am Telefon gesprochen, zu ihr zu gehen hatte er sich nicht getraut. Sie war recht reserviert gewesen, gleichzeitig verspürte er aber auch eine Aufgeregtheit, vielleicht auch Ängstlichkeit in ihrer Stimme. Mehr oder weniger hatte sie sich entschuldigt, nicht dichtgehalten zu haben, obwohl er sie darum gebeten hatte, und mehrmals hatte sie betont, dass es ihr Leid täte, dass die Tatsache seiner Anwesenheit ihr in der Aufregung so rausgerutscht war. Sie hatte auch darum gebeten, sich in der nächsten Zeit erst einmal nicht zu sehen. Das deutete darauf hin, dass sie nun mehr über ihn wusste, als ihm eigentlich lieb war. Eigentlich war es ihm völlig klar.

Er spürte, wie ihm ein Stück Halt in seinem Leben abhanden zu kommen schien.

Seine Stiefel ließ er vor der Haustür stehen und ging ins Wohnzimmer, um dort den Fernseher einzuschalten. Sein Hund, der im Flur gelegen hatte, folgte ihm. Die Nachrichten würden gleich kommen, er hatte aber noch genügend Zeit, sich ein Bier von der Kellertreppe zu holen. Damit setzte er sich in seinen Sessel, über den eine schonende alte Decke ausgebreitet lag, damit er ihn auch in seiner Arbeitskleidung nutzen konnte.

Diese Jugoslawien-Geschichte verfolgte er seit längerem mit Interesse, aber auch mit wachsender Unruhe. Er entwickelte einen zunehmenden Hass auf diejenigen Menschen, die in Macht oder Ansehen beides für ihre eigenen wie auch immer gearteten Vorteile zu nutzen wussten, und dies ohne Rücksicht auf möglicherweise darunter Leidende.

Dass er sich diesbezüglich und im Blick auf seine eigene Geschichte von einem Saulus zu einem Paulus gewandelt hatte, mochte manch einem Außenstehenden vielleicht nicht glaubwürdig erscheinen – in manchen Situationen gab es immer zumindest den Makel des Verdachts –, aber mit beidem umzugehen hatte er in den letzten Jahren gelernt, worauf er durchaus stolz war.

Hansens vermeintliche Tat – dass er Steffi umgebracht hatte, traute er ihm zumindest zu, eigentlich war er davon sogar überzeugt – hatte ihn mehr getroffen, als er jemals hätte glauben mögen. Er hatte die beiden über die Jahre hinweg als Freundinnen schätzen gelernt; es mochte eine Art Helfersyndrom gewesen sein, dass er sich um sie kümmerte, aber das interessierte ihn jetzt nicht.

Auch hier war sicher ein Teil der Betroffenheit auf seine eigene kriminelle Vergangenheit zurückzuführen. Vor einer erneuten, derartig hautnahen Konfrontation mit seinen eigenen Taten hatte er sich immer sehr gefürchtet. Jetzt schien sie ihn eher in seiner Überzeugung zu stärken, gegen solche Menschen etwas zu unternehmen.

Die zuerst seltenen Kriegs- und Vertriebenenbilder aus dem Kosovo hatten in ihm auch alte vergessen geglaubte Kindheitserinnerungen aus Zeiten des Krieges geweckt. Er war 1941 geboren, die früheste Kindheit hatte sich für ihn auch im Krieg abgespielt. Nie wieder Krieg, hatte es Jahrzehnte danach geheißen, und jetzt waren die Deutschen mehr oder weniger doch wieder mit im Boot.

Mit Zunahme der Bilder und Informationen, merkte er, wie ein Hass in ihm auf eigentümliche Art zu rumoren begann. Diese vielen unschuldigen Opfer und dieser militärische Einsatz jetzt, der weitere Leben fordern würde – er verstand nicht, warum man nicht gleich jemanden auf den obersten Drahtzieher ansetzte. Das hatten doch damals bei Hitler auch einige probiert – Georg

Elser, Graf Stauffenberg, die Geschwister Scholl –, leider waren sie alle gescheitert und hatten ihr Leben gelassen.

Von Stauffenberg, der im Juli 1944 das Attentat ausführte, war ihm aus Schulzeiten besonders im Gedächtnis geblieben, was ihn selbst verwunderte, vor allem in Anbetracht der Dinge, die er mal gelernt aber längst wieder vergessen hatte. Sein Ziel war es gewesen, Hitler zu ermorden und die nationalsozialistische Herrschaft mit Hilfe des Militärs gewaltsam zu stürzen. Der Plan misslang, denn Hitler wurde bei dem Attentat nur leicht verletzt.

Diese Idee, jetzt im Kosovo ebenfalls so oder so ähnlich zu agieren als Stammtischstrategie zu bezeichnen, wie er es unlängst im Fernsehen gehört hatte, war ihm völlig gleich. Diese Parallele zu Hitler drängte sich ihm immer mehr auf, desto mehr man das Geschehen dort verfolgte: Massaker, Deportationen, Massengräber und nicht zuletzt Vergewaltigungen. Nichts als brutale Gewalt. Und Massen von Alten, Frauen und Kindern, die all ihrer Habe entledigt vor dem Grauen einen Ausweg suchten, aber auch dabei noch, völlig geschwächt, als Spielball der Machtinteressen eines irren Diktatoren dienten.

Ein wenig zu der Situation dort, hatte ihm auch Kadar erzählt, als er bei ihnen gewesen war. Alles, hatte er behauptet, sei bereits seit 1937 in Plänen nachzulesen, aus welchen Gebieten die Albaner zu vertreiben seien, zum Beispiel.

Auch heute gab es im Anschluss an die Tagesschau wieder eine Sondersendung. Diesmal traten die Ersten auf, die am Vorgehen der Militärs deutliche Zweifel äußerten. Auch die Frage, was nach dieser Nato-Aktion dort geschehen solle, trat deutlicher in den Mittelpunkt.

Als sein Hund plötzlich laut zu bellen begann, so als ahnte er die Ankunft einer unbekannten Person, und auch nicht mehr aufhören wollte, sah sich Maasberg gezwungen, vor der Tür nachzuschauen. Es war aber offensichtlich alles ruhig.

12

Nachdem sie Antje Wolfs Eltern am frühen Sonntagmorgen über die unangenehmen Geschehnisse in Zusammenhang mit ihrer einzigen Tochter persönlich informiert, sie befragt und gebeten hatten, sich, sobald sich bei ihnen irgend etwas diesbezüglich ereigne, umgehend bei ihnen zu melden, war Aalmann gemeinsam mit Fabinger zu seiner Frau und den Kindern gefahren. Natürlich nicht ohne zuvor in der Bäckerei Jünger frische Brötchen geholt zu haben. Die hatte seit Jahr und Tag schon immer sonntags frisches Backwerk angeboten, was zu dieser Zeit eher eine Ausnahme war. Heutzutage hatten fast alle Bäckereien am Sonntag geöffnet und boten frisch Gebackenes an. Vorbei waren die Zeiten, als man sich die Brötchen von Freitag oder Samstag selbst sonntags im Backofen aufbacken musste. Auch das Wetter zeigte sich von seiner besten Seite. Die Sonne strahlte vom wolkenlosen, blauen Himmel. Kein Wölkchen war zu sehen.

»Na, da schaut ihr«, kam Bernard durch die Tür und präsentierte stolz sein mitgebrachtes Gebäck.

Julietta saß mit den Kindern bereits beim Frühstück. Sie hatten zwar eine Zeit lang gewartet, aber dass er noch kommen würde, damit hatten sie nicht mehr gerechnet.

Er sah es in ihren erstaunten Gesichtern: »Daran habt ihr nicht mehr geglaubt, dass ich noch komme. Seid ehrlich! Und ich habe sogar noch jemanden mitgebracht: hier ist euer lieber Freund ... Don Roberto aus ... aus ... Bella Italia?!«

Er sprach wie der Ansager im Zirkus, den sie letztes Jahr besucht hatten. Und das war gar nicht ungekonnt inszeniert, Roberto hatte die Herzen der Kinder seinerzeit mit kleinen Zauberstücken erobert. Seitdem mochten sie ihn sehr.

Nina begriff sofort: »Robert, kannst du auch ein Schwert schlucken?«

»Oder Feuer spucken?« schloss sich Xenia an.

»Oh, Kinder«, stöhnte Robert. »Am frühen Morgen. Wir sind nicht so ausgeschlafen wie ihr. Wir sind müde von der Verbrecherjagd und haben einen Bärenhunger.«

»Verbrecher haben einen Bärenhunger?« Nina hatte nicht richtig zugehört und fragte erstaunt nach.

»... und sind früh am Morgen schrecklich müde und ärgern kleine Kinder«, ergänzte Robert scherzhaft und ging im Bärenschritt auf sie zu als wollte er sie gefangen nehmen. »Uuaah!«

»Also seid ihr die Verbrecher«, stürzte Xenia auf ihn zu, ihre Schwester verteidigend. Und schon war eine wilde und ausgelassene Balgerei im Gange.

Bernard küsste unterdessen Julietta zur Begrüßung und fügte entschuldigend hinzu: »Wir waren nur kurz Brötchen holen ... und Croissants, natürlich.« Die mochte sie besonders gern.

»Und, Julietta, altes Haus. Alles bestens?«, begrüßte Robert die Ehefrau seines Vorgesetzten. Im Hintergrund hörte er die CD von Kurt Elling, die er Bernard zum Geburtstag geschenkt hatte. So früh am Tag konnte er die allerdings noch nicht so gut vertragen, das war für ihn eher der klassische Jazz zum Feierabend. Irgendwie transportierte sie ein wenig Club- oder Live-Atmosphäre. Zum Vormittag passte das für ihn nicht so recht.

Sie konterte: »Alles prima, Alter. Nur zu viele Tote in der letzten Zeit.«

Die Ernüchterung trat sofort ein. So abgebrüht sie sein mochten, spurlos an ihnen vorüber gingen die Geschehnisse alle nicht. Mit Sicherheit würden sämtliche Fälle eine feine Spur in ihrem Gedächtnis hinterlassen. Die, die hatten dran glauben müssen, würden sie nie vergessen können; desto jünger sie waren, desto schmerzlicher war es – für sie und sicher auch für alle anderen entfernt Beteiligten, von den Familienangehörigen ganz zu schweigen.

»Bitte, Julietta, lass uns über was anderes reden.«

»Vor allem sollten wir erst mal frühstücken. Setz dich, Robert. Auf nüchternen Magen, die nackte Realität ... ist nicht so toll.«

Bernard aß in der letzten Zeit nahezu ausschließlich Waldbeer-Marmelade zum Frühstück, die hatte es ihm wirklich angetan. Hänschen im Blaubeerwald war ihm kurzzeitig durch den Kopf gegangen, ein Bilderbuch seiner Kinderzeit. Die Geschichte von Hänschen, der im Wald Blaubeeren sammeln möchte und dort den Blaubeerkönig trifft, hatte ihn immer beeindruckt. Besonders an den rasanten Ritt auf den acht Mäusen konnte er sich gut erinnern.

Solch eigenartige Assoziationen hatte er in den letzten Monaten des Öfteren.

Überhaupt steckten sie alle in einem offenkundig merkwürdigen Alter. Unlängst war er auf einer Geburtstagsparty gewesen, auf der sich achtunddreißig/neununddreißigjährige Frauen über die Menopause unterhalten hatten. Dass die Pubertät zum Schrecken aller Mamas und Papas ein ganzes Stück früher eintrat als in den guten alten Zeiten, war ihm ja bewusst. Aber die Wechseljahre mit neununddreißig? Das schien ihm doch recht übertrieben, ein Jahrzehnt zu früh.

»Und, mein Guter, wie steht's – die Blüte deiner Jahre – bald dahin?« Julietta, ganz unverblümt.

»Wie soll's schon sein? Unsereins macht halt immer so weiter.«

»Ich wusste gar nicht, dass du so ein Fatalist bist«, schaltete sich Bernard ein, sich gleichzeitig auf die Toilette verabschiedend.

Der hatte gut reden, dachte Robert, und wiederholte seinen Gedanken in Bernards Abwesenheit laut: »Der hat gut reden. Job: früh die Treppe raufgefallen – alles in Butter. Ehe: tolle Frau – alles bestens ... und obendrein noch zwei nette Kinder.« Da meinte er passen zu müssen.

»Danke danke«, sagte Julietta, »aber jetzt seid's nicht so pessimistisch!«, ihr Großvater, zudem sie ein enges Verhältnis gehabt hatte, war Österreicher gewesen. Ihn hatte es der Liebe wegen zuerst ins Sauerland und dann ins benachbarte Siegerland verschlagen, wo er aber seinen Dialekt weiter gepflegt und zum Ärger seiner Frau, Juliettas Großmutter auch an die Enkelkinder weitergegeben hatte. So wie jetzt verfiel sie also gelegentlich in diesen Dialekt. »Du bist ja wirklich 'n richtiger Melancholiker. Du weißt, dass diese Masche bei Frauen heute nicht mehr zieht. Aber da habt ihr Männer einen Hang zu, hm? Bernard hat auch solche Phasen ... «

Das tat Robert manchmal gern, Trübsinn blasen. Oft hegte er ein Selbstmitleid, dass es nicht zum Aushalten war. Aber wie bei diesen Trübsinnigen üblich, besaßen sie merkwürdigerweise meist auch einen überdurchschnittlich ausgeprägten Humor.

»Was dich aber nicht davon abgehalten hat, einen von uns zu heiraten.« Er zählte sich selbst auch zu dieser Spezies.

Bernard war zurückgekommen und wurde von den Kindern völlig belagert, sie löcherten ihn regelrecht.

»Spielst du mit uns Monopoly?«, fragte Xenia bettelnd.

Oh Gott, alles, nur das nicht, dachte Bernard.

»Wann gehst du noch mal mit uns ins Kino?«

»Ja genau«, sagte Nina, »›Annchen und Pünkton‹ – du weißt schon –«, ihre gemeinsamen Sprachspielereien, er war im Bilde, »der war so schön!«

Das fand er allerdings auch.

»Hey, hey, Moment mal. Was stellt Mami eigentlich mit euch an, wenn ich arbeiten bin?«

»Och, sie macht alles Mögliche ...«, antwortete Nina ehrlich.

»Julie«, ein scherzhaft-drohender Unterton, »das hatte ich mir gedacht ...«

»Was haltet ihr davon«, sagte Robert halb zu den Kindern, halb zu den Eltern gewandt und ganz im Brustton der Überzeugung, geschult auf einem Konfliktlösungsseminar, an dem er aus beruflichen Gründen vor längerem mal teilgenommen hatte, »wenn ich zur Abwechslung mal etwas mit euch mache und tue und Mami und Papi gehen gemeinsam auf Verbrecherjagd?«

Großer Jubel brach aus. Aber Robert hatte die Rechnung ohne seinen Chef gemacht.

»Herr Fabinger, ich hoffe, Sie haben in Ihrem aktuellen Fall schon bald verwertbare Ergebnisse vorzuweisen. Sie müssen dringend los!«

»Spielverderber, Spielverderber!«, riefen die Kinder im Chor.

»Vielen Dank, Professore Aalmann, für die kurzweilige Unterhaltung und das gesunde Frühstück. Aber ich glaube, Sie haben die Rechnung ohne Ihre Kinder gemacht. Die möchten auch mal einen richtigen Verbrecher jagen.«

»Robert«, ein gespielt strenger Ton des Chefs, »große Aufgaben warten auf große Männer.«

Ein letzter Schluck Kaffee, ein letztes Stück Croissant und sie waren verschwunden.

»Und schon sind sie fort, die Bäckerbuben!« versuchte Julietta ihre beiden, über das schnelle Verschwinden von Bernard und Robert enttäuschten Kinder zu trösten.

Aber die waren schnell ins Nebenzimmer gelaufen. Kurz darauf hörte Julietta aus dem Wohnzimmer eine bekannte Melodie: »Halb zwölf, dreißig nach ölf ...« Die Sendung mit der Maus begann gerade. Die nächste halbe Stunde hatte Julietta für sich allein.

13

Alexander Stabenau hatte sich bei seinem Onkel den Schlüssel von dessen Jagdhütte ausgeliehen. Der kränkelte in der letzten Zeit ein wenig und war daher froh, dass dort ab und an jemand nach dem Rechten sah.

Die Hütte lag weitab im Wald, umsäumt von Bäumen und das ganze Gelände war hoch umzäunt; sein Onkel hatte immer Angst vor möglichen Einbrechern gehabt, die ihm das Häuschen ruinieren mochten.

Der Onkel kannte Olov Kabakov nicht und Olov war einer der Gewieftesten. Der hockte jetzt mit einer Dame und seinem Neffen Alex in Onkelchens Bude. Wenn der wüsste ...

Die grüne Wolf mit den roten Haaren hatten sie sicher in Onkels und Tantchens Schlafzimmer deponiert. Dort hatte sie's erst mal gemütlich, sie waren ja keine Unmenschen. Sie mochte vielleicht 'n helles Köpfchen sein, aber hier rauszukommen würde sie aus eigener Kraft nicht schaffen. Hatte sie sich selber eingebrockt. Was musste sie auch ständig in aller Öffentlichkeit auf demselben blöden Zeug rumharken.

Alex und er, Olov, würden jetzt erst mal abkassieren. Die Gute stand schließlich richtig im öffentlichen Leben, auch wenn sie nicht einer der Parteien angehörte, bei denen es bei Entführungen sicher richtig Knete gab. 'N paar Mille sollten schon drin sein. Und dann würden sie weitersehen.

Dass die Amis scharf auf die Kohle waren, wussten sie. Der Taylor und der Walters hatten das schon anklingen lassen, als sie sie neulich kennen gelernt hatten. Aber, das war alles noch gar nicht ausgemacht. Was der Taylor immer für 'n Sermon abließ, das sprach nicht grade für ihn. Soviel Schotter für so 'ne Pappnase? Und überhaupt: sie machten die Arbeit und er wollte abkassieren, alles für 'n lieben Gott.

Großartig Gewalt hatten sie nicht anwenden müssen, Pazifisten waren friedliche Menschen. Sie ja eigentlich auch. Sie hatten nur das Geld im Kopf. Mochte nur nicht der beknackte Hansen hier auftauchen, der war in der letzten Zeit zu allem fähig. Der hatte im Vorfeld schon von abgeschnittenen Gliedmaßen gefaselt, als Drohung per Post zugestellt. Der hatte eindeutig zu viel Horror geglotzt.

Die zu erwartende Lösegeldforderung war erst am Mittwoch in der Post gewesen, unfrankiert mit Nachgebühr: drei Millionen Mark sollten es sein;

keine Tausender dabei, stattdessen einen Großteil in Dollar und englischen Pfund, alles unpräparierte Scheine. Die Wolfschen Eltern hatten Aalmann sofort angerufen und er hatte einen Kollegen geschickt, der den Brief abholen sollte.

Jetzt lag er vor ihm auf dem Schreibtisch. Eine dicke blaue ›240‹ vorne drauf, die Nachgebühr, abgestempelt im Briefzentrum 27. Da hatte die Post ja mal wieder einen Volltreffer gelandet, jetzt konnte man nicht mal mehr sehen, von wo der Brief kam. Briefzentrum. Und am Montag war er bereits auf den Weg gebracht worden, volle zwei Tage unterwegs.

»Anke, guck doch mal wo sich das Briefzentrum 27 befindet. Ich würde gerne wissen, wo der Brief möglicherweise eingeworfen worden sein könnte.«

Seit Montag früh hatten im Büro die Drähte geglüht, jede Menge Presse – hatte man sich ja denken können – und dann diese Parteiheinis aus Bonn und Berlin. Aber die waren wirklich kooperativ, ob sie es jetzt noch sein würden, wo es ans Bare ging. Drei Millionen waren ja nicht gerade ein Pappenstiel.

Fürs Gemüt hatte man auch wieder was mitgeliefert: »Geh hin zur Ameise, du Fauler, sieh an ihr Tun und lerne von ihr! Sprüche Salomos 6, Vers 6.« Wer nun sollte sich davon angesprochen fühlen?

Mittlerweile war Aalmann davon überzeugt,

dass das alles nur Attitüde war. Es wurde doch auch immer lächerlicher, da erlaubte sich jemand schlicht und einfach üble Scherze, ganz üble Scherze. Und alles schön mit Bildzeitungsbuchstaben aneinandergeklebt, ein richtig schöner Bastelnachmittag musste das gewesen sein.

Das Geld sollte auf der Toilette der Fähre von Lemwerder nach Vegesack deponiert werden. Und natürlich: keine Polizei. Ein echter Spezialfall, da müsste dann Anke ran.

»Briefzentrum 27«, rief Anke aus dem Nebenraum, »umfasst die Gegend um Bremerhaven. Osterholz-Scharmbeck gehört aber auch noch dazu.«

»Danke, Anke«, rief Aalmann und ging zu ihr rüber. »Bist du eigentlich hochseetauglich?«

»Was soll ich sein? Hochseetüchtig?«

» ... tauglich. Hochseetauglich. Du bist nämlich für die Lösegeldübergabe auserkoren.«

»Von wem?«

»Na, von mir. Vorausgesetzt die Entführer sind einverstanden und das BKA fuchtelt uns nicht noch dazwischen. Unsere Frau fürs Spezielle.«

»Klar, wer sonst auch sollte das machen? Krieg ich dann auch was ab? Vielleicht 5 Prozent, würden mir genügen. Aber erst müssen die Parteifreunde mal Geld locker machen. Das Fax ist schon durch.«

»Sag mal, wo treibt Robert sich die ganze Zeit rum? Ich hab ihn heute noch gar nicht gesehen?«

»Der ist beim Zahnarzt, dem ist, glaub' ich 'ne Plombe raus gefallen. Hatte wohl ziemliche Schmerzen, der Arme.«

»Die erste Nachricht aus dem wahren Leben für heute.« Mittlerweile kam er sich wie ein Laienschauspieler in einem blutrünstigen Drama vor. Wenn nur nicht alles so todernst, bitter und glanzlos wäre. Er brauchte dringend eine Aufmunterung, aber die war nicht in Sicht.

Axel Hansen hegte eine Vermutung, wo seine Freunde sich aufhielten. Nachdem sie sonst nirgendwo aufzutreiben gewesen waren, konnten sie nur in Onkel Toms Hütte sein, die von Alex' Onkel. In ihre genauen Pläne war er nicht eingeweiht, überhaupt hatten sie sich in letzter Zeit nicht mehr gesehen. Aber als Versteck für den Notfall war die Hütte auch früher schon immer mal wieder im Gespräch gewesen. Und ein gutes Versteck konnte er derzeit auch gebrauchen.

Der Weg dorthin war allerdings nicht ganz unkompliziert, von dem einen Mal, wo er dort gewesen war, konnte er sich so genau nicht an den Weg erinnern. In eine schöne Scheiße hatte er sich da reingeritten. Und die Jungs hatten bei ihrem großen Coup auch nicht auf ihn gewartet. Das würde noch Ärger geben. Wenn ihm bloß das mit Mona nicht passiert wäre. Er durfte jetzt nur nicht die Kontrolle verlieren.

Zwischen zwei Ortschaften verließ er irgendwann die Straße und bog in den Waldweg ein, von dem er glaubte, dass es der richtige war. Dann dauerte es aber doch noch einige Zeit bis er ankam. Mehrfach hatte er wenden müssen, war immer in die falschen Wege eingebogen.

Alex wurde hellhörig. Er hatte ein Motorengeräusch gehört. Im Augenblick war Stille. Ihren Wagen hatten sie in der Scheune abgestellt, sodass das Haus wie immer unbewohnt aussah. Auch die Fensterläden hielten sie geschlossen. Er ging vorsichtig auf die Veranda und sah auch schon jemanden am Zaun stehen. Lässig ging er auf den Zaun zu und erkannte Hansen bereits im Näherkommen. Der hatte ihnen gerade noch gefehlt.

»Was is'?«, fragte er ihn.

»Na, willste mich nich' reinlassen?«

»Nö. Sollte ich?«

»Ja spinnst du, Mann. Ich steck' echt in der Klemme. Nu, mach schon auf.«

»Und deinen unauffälligen Wagen willst du da stehn lassen? Du hast se echt nicht alle. Jetzt fahr deine Karre flott hier in den Unterstand. Ich will mal nicht so sein.«

Hansen ging zum Wagen. Wie spielte Alex sich denn neuerdings auf? Er parkte das Auto wie gewünscht und stieg aus.

»Wo warst du überhaupt?«, wollte Olov drin dann wissen. »Als zuverlässiger Partner hast du dich nich' grade erwiesen. Kannste dir denken, weswegen wir hier sind. Das Ding mit der Grünen ist ohne dich gestartet.«

»Soll das heißen ...? Ihr habt etwa schon Besuch hier?«, tat er überrascht.

»Na klar. Was denkst denn du? Meinst wohl, wir warten bis Vollmond is', oder was. Wir haben ihr Haus beobachtet. Und als die Luft rein war, sind wir gleich los.«

»Ich glaub's nich'. Zeig doch mal die Kleine. Wo is' sie denn?«

»Nix da. Du verhältst dich ganz schön ruhig, wenn du keinen Ärger haben willst. Warum kommst du überhaupt her. Haste was ausgefressen? Suchste 'ne Bleibe?« Olov hatte seine Knarre hervorgeholt und spielte an ihr herum.

Hansen antwortete nicht. Der Ton gefiel ihm nicht. Eigentlich war er bislang im Glauben gewesen, er sei der Chef. Und nun hatten die hier respektlos ihr Heft selber in die Hand genommen.

»Und ich bin bei der Geschichte jetzt überflüssig, was? Ich erinnere euch nur daran, dass es auch mein Plan war.« Hansen war ziemlich sauer und Taylor, glaubte er, dem würde das auch nicht gefallen, seinen Verbindungsmann einfach ausgebootet zu sehen.

»Wir sind ganz ehrlich«, ergriff Alex das Wort. »Du kommst uns recht ungelegen. Aber 'n alten

Freund einfach so wegzuschicken, is' auch nich' unsere Art. Also kannste erst mal bleiben. Vielleicht kannste uns ja sogar doch noch behilflich sein. Aber das Kommando führen wir. Damit das klar is'!«

Hansen nickte gezwungenermaßen und zaghaft. Er würde sehen.

14

Bauer Kröger hatte die Polizei angerufen. Wieder mal waren jugendliche Auto-Rowdies mit einem Wagen im Wald unterwegs, hin und her und kreuz und quer. Obwohl da überall Schilder standen: Nur für forst- und landwirtschaftliche Fahrzeuge.

Neulich hatten die ihm mit ihren Schlitten die Umzäunung seiner Weide ruiniert und in seinen Feldern Cross gefahren waren sie auch schon mal. Winkler gab die Meldung an die Verkehrspolizei weiter. Bis die Kollegen sich aufmachten, verging einige Zeit, aber dann ging es umso zügiger los.

Mittlerweile war es schon recht dämmrig, so dass sie sich, dort angekommen, in der Nähe der einzigen Einfahrt in den Wald ein verdecktes Plätzchen suchten, von dem aus sie einen guten Überblick hatten.

Ein Land-Rover wie ihn die Förster oft fuhren, war ihnen kurz zuvor entgegen gekommen, der konnte durchaus von dort gekommen sein. Aber er schien ihnen unverdächtig, obwohl er mit Sicherheit zu schnell gefahren war. Um Temposünder hatten sie sich jetzt nicht zu kümmern.

Nachdem sich lange Zeit nichts tat, beschlossen sie selbst in den Wald hineinzufahren. Lichtkegel waren keine zu sehen. Vielleicht hielt man ja irgendwo ein Schäferstündchen. Aber sie entdeckten nichts und niemanden, fuhren den Weg zurück, den sie gekommen waren und hielten an einer Imbiss-Bude an der Hauptstraße, etwa fünfhundert Meter nach der Einfahrt.

Stabenau und Kabakov waren frühzeitig zur Geldübergabe aufgebrochen. Die letzte Fähre um 23.15 Uhr war anvisiert. Der Plan war durch die unvorhergesehene Anwesenheit Hansens kurzfristig umgeworfen worden. Er sollte jetzt auf Antje Wolf aufpassen, während sie sich nun beide um die Lösegeldübergabe kümmern wollten.

Alex Stabenau war nicht recht wohl bei der Sache. Obwohl beide nicht wussten, was Hansen die letzte Zeit eigentlich getrieben hatte, hatten sie ihm diesen Auftrag erteilt und ihm auf sein Drängen dafür ein nicht unansehnliches Sümmchen in Aussicht gestellt. Ein flaues Gefühl hatten sie, weil Hansen irgendwie unberechenbar geworden war. Vor allem im Umgang mit Frauen trauten sie ihm nicht sonderlich viel Feingefühl zu. Wenn alles glatt über die Bühne ginge, wäre die Geschichte bald ausgestanden und dann: die große Flatter.

Sie parkten ihren Wagen unweit der Anlegestelle und beobachteten die Szenerie. Ihre beiden Cross-Motorräder waren einsatzbereit hinten auf der Ladefläche platziert. Mit der Fähre um kurz nach 20 Uhr fuhren sie von Vegesack aus ans andere Ufer, passierten die Stedinger Straße bis Bardewisch, luden dort auf einem Parkplatz ein Motorrad aus, mit dem Kabakov dann die letzte Fähre von Lemwerder aus wieder nach Vegesack zurück nehmen sollte.

Alex Stabenau fuhr schon jetzt mit der nächsten Fähre wieder zurück und stellte den Wagen dann etwas weiter von der Anlegestelle entfernt ab. Nach kurzer Zeit lud er seine Maschine aus, fuhr knatternd mit ihr die Straße weiter vor, näher an die Fähre heran und parkte sie wie vereinbart dort an der Straße.

Wenn Olov von der Fähre kommen würde, könnte er von hier aus gut starten. Dann begann für beide die lange Zeit des Wartens. Zur Kontrolle riefen sie sich zwischendurch mehrfach auf ihren Handys an.

Zum Glück hatte die Partei nach einigem Hin und Her das Lösegeld in der gebotenen Kürze der Zeit aufgetrieben und via Fax ihr Okay gegeben. Die Erpresser waren mit Anke Bolko als Geldbotin einverstanden. Das Leben von Antje Wolf war das, was es als Erstes zu schützen galt. Also keinen direkten Zugriff auf denjenigen, der das Geld abholte. Diese Direktive hatte Aalmann ausgegeben, denn als Zweites erhoffte er sich von der Beobachtung der Übergabe den Weg zum Versteck. Man wusste nie was geschehen würde. Aber zu erfahren, wo sich die Geisel befand, war in diesem Fall oberstes Gebot. Mit anderen Worten: Leben vor Geld. Von daher galt es den Boten höchst unauffällig zu verfolgen. Das Ganze war allerdings mit einem hohen Risiko verbunden. Es konnte genauso gut sein, dass sie am Ende ebenso klug waren wie zu Beginn der Aktion.

Auf beiden Seiten der Weser hatten sich die Kollegen vom Sondereinsatz platziert. Der Fährmeister war informiert.

Anke stand mit ihrem Fahrrad startklar am Rand der Weser. Auf ihrem Gepäckträger hatte sie eine Bananenkiste deponiert, in der sich zwei große, mit Geld gefüllte Plastiktüten befanden. Sie bestieg die vorletzte Fähre an diesem Abend. Aus Sicherheitsgründen in Bezug auf den Verbleib des Geldes sollte sie es erst kurz vorm Anlegen auf der Toilette platzieren, was sie auch tat. Verdächtiges hatte sie während der Überfahrt nicht beobachtet.

Sie ging von Bord, während Aalmann mit seinem Wagen aufs Deck fuhr. Es konnte losgehen.

Kabakov fuhr durch bis zum Abstellplatz für Zweiräder vorne am Bug. Ihn kannte niemand. Er nahm den Helm ab, behielt seinen Rucksack auf und ging ein Stück zurück um sich steuerbords an die Reling zu stellen.

Irgendwann während der Überfahrt steckte er sich eine Zigarette an, und schaute möglichst unbeteiligt aufs Wasser. Er machte sich Gedanken über die Strategie der Polizei, war aber doch zu nervös um zu irgendeinem Schluss zu gelangen. Er drehte sich um. Den Toiletteneingang konnte er von seiner Position aus gut sehen. Er hatte beschlossen, völlig cool zu bleiben.

Er ließ sich Zeit. Erst als die Fähre schon im Begriff war anzulegen, ging er in den Toilettenraum. Ein Blick in die in einem Karton befindlichen beiden Plastiktüten genügte. Nicht ohne Mühe steckte er beide in seinen Rucksack, schulterte ihn wieder, als hätte er ihn gar nicht abgezogen. Dann schob er den Riegel und die stählerne Tür wieder beiseite, trat heraus, zog sich betont lässig eine Schachtel Zigaretten am Automaten neben der Tür und ging gemächlich zu seinem Motorrad.

Teilweise hatten die Fahrer die Motoren ihrer Autos schon gestartet. Die Ersten verließen bereits die Plattform, als er mit einem rasanten Start begann, sich davonzumachen.

Das war für Aalmann und die anderen ein sicheres Zeichen, zumal die einzige andere Person, die die einzige Toilette unterwegs besucht hatte, eine gebrechlich wirkende Dame höheren Alters gewesen war, die ohne jegliches Behältnis die Toilette wieder verlassen hatte.

Die Verfolgungsjagd hatte begonnen, zum Glück hatte Aalmann daran gedacht, jemanden auf einem Motorrad an der Anlegestelle zu postieren. Derjenige begriff auch sofort und nahm so unauffällig wie möglich die Verfolgung auf. Die anderen mit ihren Autos hinterher. Die Sichtverhältnisse waren um diese Uhrzeit alles andere als günstig.

Stabenau beobachtete alles ganz genau. Dass das Polizei war, war völlig klar. Diese Vereinbarung hatte man also nicht eingehalten. Trotzdem war er plötzlich von einem ungewöhnlichen Erfolgsgefühl beseelt. Alex würde sie austricksen, da war er sich ziemlich sicher. Er beschloss, nicht mit dem Motorrad zu folgen sondern mit dem Wagen. Das Motorrad lud er schnell wieder auf und umgehend machte er sich auf den Weg zur Hütte. Die Nacht war klar und kühl.

Unterwegs sah er zahlreiches Polizeiaufgebot, das Risiko war also alles andere als gering. Er kam aber unbehelligt durch. Als er bei der Hütte eintraf, kam Olov bereits lächelnd aus der Scheune. Er war schon bald ohne Licht gefahren, was gar nicht so einfach gewesen war, aber er hatte seine Verfolger auch aufgrund dessen in Kürze abgehängt. Merkwürdig, dass nirgendwo eine Sperre aufgebaut worden war.

15

Aalmann und Fabinger standen frustriert am Ende der Borchshöher Straße und fragten sich in welche Richtung ihr Motorradfahrer von hier aus wohl gefahren sein mochte.

»Tja. Da haben wir wohl eine echte Schlappe erlitten«, sagte Fabinger kaugummikauend.

Aalmann kochte vor Wut: »Das gibt's doch gar nicht!« Dann schrie er ein lautes »Scheiße« in die Nacht und trat dabei mit voller Wucht gegen den Vorderreifen seines Wagens.

Im gleichen Augenblick fuhr ein ziemlich alter Wagen in einem Affenzahn an ihnen vorbei die Leuchtenburger Landstraße hinunter.

»Die Autobahn fängt doch erst da hinten an«, sagte einer vom Sondereinsatz.

Aalmann kam in Fahrt. »Robert komm, schnell. Das grade war Hansen in seinem Oldtimer. Zumindest war's sein Wagen. Wir müssen hinterher.«

Fabinger überlegte nicht lange. Das wäre jetzt noch ihre einzige Chance. Er gab über Funk die Fahndung raus, während Aalmann fuhr, was der Wagen hergab.

Erst kurz vor der Autobahnauffahrt Burglesum näherten sie sich dem Oldtimer wieder an. Der fuhr mit enormer Geschwindigkeit die Auffahrt rauf. Dort stand schon die erste Streife der Autobahnpolizei, die sofort anfuhr und sich ihm an die Fersen hängte. Spätestens jetzt musste er bemerkt haben, dass er verfolgt wurde. Er gab nicht klein bei, beschleunigte noch weiter. Bei den Industriehäfen fuhr er bereits wieder ab, direkt in die Werftstraße hinein.

Das konnte nicht gut gehen. Wieder schien der Oldtimer zu beschleunigen und fuhr schließlich ungebremst gegen einen am Straßenrand abgestellten Container, kippte auf die Seite, schrammte hochkant noch einige Meter weiter daran entlang und prallte dann sich überschlagend davon zurück.

Aalmann hielt bei den Lagerhallen und rief über Funk den Notarzt. Die Kollegen von der Autobahnstreife kümmerten sich, das sahen sie von ihrem Wagen aus, aber sie konnten nichts mehr tun. Hansen war tot.

Alex Stabenau und Olov Kabakov waren erleichtert. Sie wollten auf jeden Fall noch die Nacht in ihrer Hütte verbringen. Morgen konnten sie die Wolf dann irgendwo freilassen, und dann sah man weiter.

Laut Hansen würde Taylor in Minnesota auf sie warten. Aber der erhob auch Anspruch auf das Geld.

Als Alex den Wagen in die Scheune fahren wollte, fiel ihnen auf, dass Hansens Wagen verschwunden war. Sofort kippte die Stimmung.

»Da is' was faul, Olov. Lass uns schnell drin nachsehen.«

Soviel Phantasie hatten sie nicht gehabt, sich das auszumalen. Es war niemand zu sehen. Die Tür zu dem Raum in dem sie Antje Wolf gefangen gehalten hatten, stand offen.

»Hansen, du Schwein. Du Riesenarschloch. Ich krieg' dich! Ich krieg' dich – und dann gnade dir Gott.«

Hansen hatte Antje Wolf auf dem Gewissen. Es gab kein Blut, es gab keine Wunden. Was immer vorgefallen sein mochte, er hatte ihr den Kopf zur Gänze mit einer Art Paketband verklebt. Sie musste erstickt sein.

»Dieser Vollidiot. Dieses Arschloch. Völlig überflüssig, das Ganze. Es sind mir einfach langsam zu viele Tote. Bestimmt wollte er was von der. Der und Frauen. Wir hätten es wissen müssen, Olov«, Alex kriegte sich nicht mehr ein. »Jetzt haben wir den Schlamassel. Und vor allen Dingen, was machen wir jetzt? Ich bleib' hier nicht länger. Wenn uns hier jemand mit ihr findet, dann sollen wir's noch gewesen sein. Nee.«

Olov hatte eine Idee. »Was hältst du davon, wenn wir sie dem Maasberg auf 'n Hof legen?«

»Wozu soll das gut sein?«

»Na ja, wir haben doch immer versucht, den Verdacht auf ihn zu lenken. War doch Axels Idee. Es würde auf jeden Fall nicht gleich jemand vermuten, dass wir was damit zu tun haben.«

»Das is' aber 'n Wahnsinnsaufwand. Die Fähre geht erst wieder morgen früh, da müssen wir 'n Riesenumweg machen, erst über die Bremer Autobahn, den Freihafen und dann über Woltmershausen, und das is' noch die kürzeste Strecke.«

»Ich wüsste nicht, was wir sonst mit ihr machen sollten, hier liegenlassen können wir sie doch nicht.«

»Nee, klar. Vielleicht haste Recht. Die Dunkelheit jetzt kommt uns jedenfalls auch zugute. Gut, okay. Es bleibt uns nichts anderes übrig.«

16

Die Pressekonferenz am Samstagmorgen war für alle total blamabel. Und anschließend ging es bundesweit durch alle Medien. Das Versagen der Polizei im Entführungsfall Wolf.

Es war für Aalmann furchtbar gewesen, obwohl er versucht hatte, Argumente zu drehen und zu wenden. Man konnte das doch auch positiv sehen, die Geldübergabe hatte schließlich geklappt. Nur die Verfolgung war ihnen nicht gelungen. Aber auch Fabinger hatte gelitten. Und Anke Bolko hatte sie beide bislang nicht aufmuntern können.

Was sie alle erheblich beunruhigte, war, dass der Kontakt zu den Entführern seitdem unterbrochen war und dass sie von Antje Wolf kein Lebenszeichen erhalten hatten. So wie es eigentlich vereinbart gewesen war.

»Entweder Antje Wolf meldet sich in Kürze aus neugewonnener Freiheit oder die Entführer waren Amateure – was nach Lage der Dinge viele eher von uns halten, ich weiß, ich weiß – und sie hatten keine Nerven und Antje Wolf lebt nicht mehr. Oder, als letzte Möglichkeit, es ist was schief gelaufen. Die Frage wäre dann, was und zu welchem Ende das dann führt.« Aalmann versuchte dozierend wieder Herr der Lage zu werden.

Die Verfolgungsjagd und der anschließende Unfall mit Todesfolge waren kein Thema auf der Pressekonferenz. Aalmann hatte diesbezüglich, mit allen ihm zur Verfügung stehenden Mitteln, eine Informationssperre verhängt und bislang war auch nichts nach außen gedrungen. Offiziell fahndeten sie noch immer nach Axel Hansen.

Maasberg hatte bei seiner zunehmend intensiveren Lektüre der Tageszeitung in Sachen Kosovo auch die Geschehnisse im Entführungsfall Wolf mitbekommen.

Wieder die religiöse Schiene, es war also nur eine Frage der Zeit, bis die Kommissare wieder bei ihm auftauchen würden. Angenehm machte das das Leben nicht. Überhaupt war derzeit irgendwie dicke Luft, ständig diese Mordfälle, jetzt noch eine Entführung, die Krankheit seiner Mutter und die ganze Arbeit auf dem Hof war allein zu bewältigen.

Er hoffte auf das Gespräch am Montagnachmittag, da kam wieder jemand um sich bei ihm vorzustellen. Diesmal kein Student sondern einer vom Fach, der auch keinen Aushilfsjob, sondern eine richtige Anstellung suchte. Die Telefongespräche mit ihm waren sehr viel versprechend verlaufen.

Was Maasberg nicht gefiel, war die Tatsache, dass sie einen gemeinsamen Bekannten hatten, das hatte sich bei dem Gespräch auch herausgestellt. Einen aus der Zeit, an die er sich nur noch ungern erinnerte; das war das eigentlich Unangenehme. Die Person als solche hatte er in so schlechter Erinnerung nicht.

Diese Bekanntschaft ließ den Bewerber trotzdem in einem anderen Licht erscheinen. Vor einer Woche hatte er bereits versucht, diesen Bekannten aus früheren Zeiten zu erreichen, einen Albaner, der kurze Zeit mit ihm in Haft gewesen war. Und obwohl er nur den Namen und keinen Wohnort wusste, hatte die Telefonauskunft ihm tatsächlich eine Nummer gegeben. Er wollte sich trotz allem oder gerade deswegen bei ihm über seinen neuen Bewerber erkundigen.

Nach mehrfachen vergeblichen Versuchen hatte endlich jemand abgenommen. Drasko konnte sich an Maasberg erinnern. Er war damals schon ein überaus geselliger Typ gewesen, der es auch diesmal nicht bei einem Gespräch am Telefon bewenden lassen wollte. Er drängte Maasberg zu einem Treffen. Maasberg willigte nur ein, weil Drasko angekündigt hatte, dass er demnächst umziehen würde, sozusagen jetzt die letzte Möglichkeit wäre, sich in absehbarer Zeit noch einmal zu sehen. Maasberg sah es allerdings aus einer anderen Perspektive. Er würde Drasko jetzt noch einmal sehen, wenn er dann weggezogen wäre, würde er ihn auch so bald nicht mehr behelligen.

Sie hatten sich in einem Café in Bremer Bahnhofsnähe getroffen. Schnell waren sie ins Gespräch gekommen, hatten nicht länger als nötig die Vergangenheit gestreift und noch bevor Maasberg ihm sein Anliegen unterbreiten konnte, hatte Drasko ihm von seinen Plänen erzählt, in Kürze in den Kosovo zu gehen.

Er hatte sich von albanischen Widerstandskämpfern der UCK anwerben lassen. Er musste dort helfen, in Anbetracht der Lage konnte er nicht mehr ruhig hier in Deutschland herumsitzen und Däumchen drehen. Da war er nicht der Einzige. Außerdem hatte er hier momentan keine Arbeit und wie er meinte auch keine Aussicht darauf.

Maasberg hatte erzählt, wie auch ihm dieses Geschehen im Kosovo auf eigentümliche Weise zusetzte, hatte ihm seine Position deutlich gemacht und auch mit seiner kühnen Vorstellung, dass solch ein Diktator einfach erledigt werden musste, hatte er nicht hinter dem Berg gehalten.

Nebenbei waren sie auch auf sein Hobby zu sprechen gekommen. Er hatte seine Schießkünste erwähnt und dass er sie im Schützenverein und in seinem Keller seit längerem zu perfektionieren versuchte.

In Bezug auf seine eigentliche Frage nach der ihnen beiden bekannten Person, konnte Drasko nichts berichten, was Maasberg in seiner positiven Einstellung gegenüber dieser beeinträchtigen konnte. Und so hatte er sich zufrieden von Drasko verabschiedet, ihm alles Gute gewünscht. Denn so wie es aussah, würden sie sich so bald nicht wieder sehen.

Der Gehilfe für den Hof, Peter Stabermann, der sich dann am Montagnachmittag bei ihm vorstellte, entsprach tatsächlich seinen Hoffnungen. Wenn sich zur ohne Zweifel vorhandenen Erfahrung auch noch entsprechender Fleiß gesellte, was wollte er mehr. Sie besiegelten ihren Arbeitsvertrag per Handschlag.

Maasberg informierte ihn auch darüber, dass es auch einmal vorkommen könne, dass er selbst für einige Zeit nicht auf dem Hof sein würde, seine Mutter sei sehr krank, und die volle Verantwortung dann in seinen Händen läge.

»Nichts dagegen«, war dessen Antwort.

Maasberg zeigte ihm den ganzen Hof, die Räumlichkeiten des Hauses, auch seinen »Hobbyraum«, damit erst gar keine Verwunderung entstand, und nicht zuletzt das Zimmer, in dem er ab sofort wohnen konnte.

Gleich morgen am Dienstag würde er einziehen und ihn hoffentlich tatkräftig bei der Arbeit unterstützen.

Nur zwei Tage waren vergangen, als Drasko sich am Telefon wieder bei Maasberg meldete.

»Wir müssen uns treffen. Kannst du noch mal nach Bremen kommen? Möglichst bald! Am besten heute noch.«

»Heute? Nein. Wieso überhaupt?«, versuchte Maasberg abzuwiegeln.

»Kann ich dir jetzt nicht erzählen.«

»Ich komm hier im Augenblick nicht gut weg. Also, das geht nicht.« Ihm war plötzlich mulmig zumute.

»Können wir zu dir kommen?«

»Wer ist wir, ich denke du ...«

»Ja«, unterbrach Drasko ihn, »das erklär ich dir dann auch alles. Zwei Freunde.«

»Na ja, heute Abend könnte es gehen. Um sieben.«

»Ja gut. Ist das schwer zu finden?«

»Nein. Die Adresse hast du?«

»Ja ja, hab' ich. Gut, dann bis heut Abend.«

Maasberg hatte bei ihrem Treffen schon den Eindruck gehabt, Drasko möglicherweise in seinem Vorhaben bestätigt zu haben. Er hatte darüber aber nicht näher nachgedacht, weil ihn anderes interessierte.

Was für ihn nur eine vage erdachte Möglichkeit war, sollte Realität werden, so vermutete er und brachte damit gleichzeitig seine Gedanken in ruhigere Bahnen. Drasko schien gute Kontakte zu haben. Vielleicht hatte er, Maasberg, mit seiner Idee eines Attentats einen Mechanismus ausgelöst. Aber diese Idee musste doch in anderen Köpfen längst rumoren.

Sein Grübeln brachte ihn nur zu der Vermutung, dass Draskos Freunde sich von seinen Fähigkeiten mit einer Waffe umzugehen, überzeugen wollten. Dann würden sie ihn vor die Entscheidung stellen, bei ihrem Plan mitzuarbeiten, womöglich in einer entscheidenden Rolle. Mit Drasko nach Belgrad? Das würde er ablehnen, darüber war er sich im Klaren.

Sein über die Jahre mühsam geordnetes Leben würde durch eine solche Entscheidung wieder völlig durcheinander gebracht werden. Außerdem konnte ihm niemand sagen, wie so etwas ausgehen würde. Irgendwie war solch ein Vorhaben doch auch ziemlich utopisch. Und das Risiko war ihm viel zu hoch, obwohl das Ziel diesen Peiniger und Diktator aus dem Verkehr zu ziehen, auch seiner Meinung nach ein unterstützenswertes war. Aber soviel lag ihm daran nun auch wieder nicht.

Draskos Freunde hatten sich am Abend dann in der Tat von Maasbergs Fähigkeiten mit einer Waffe umzugehen überzeugen wollen und schienen beeindruckt. Vor ihrer Ankunft war er sehr aufgeregt gewesen, hatte sich nachdem Drasko ihm seine beiden Freunde, wie er sie wieder nannte, vorgestellt hatte, aber wieder beruhigt.

Was er nicht wusste, davon hatten sie ihn im Gegenzug überzeugt, dass sie, Drasko eingeschlossen, wären sie Mitglieder in seinem Verein, mit Abstand zu den besten Schützen zählen würden.

Von draußen drangen Motorengeräusche herein.

Maasberg hatte sich andere Absichten ausgemalt, aber als sie ihn darauf ansprachen, seinen Keller und vielleicht auch die abgeschiedene Umgebung für Schießübungen benutzen zu dürfen, war er eigentlich erleichtert gewesen.

Er wunderte sich selbst darüber, dass ihm die Gefahren zwar bewusst waren, er aber trotzdem keinerlei Angst empfand. Um die einzelnen Umstände kümmerte er sich nicht, er wusste nicht genau, wer wer war und welche Ziele derjenige wohl noch verfolgen mochte. Und wenn, irgendein Geheimdienst da sogar mit drinstecken mochte. Immer mehr wurde ihm aber bewusst, dass er nicht nein sagen konnte und hatte schließlich immer noch ein wenig zögernd sein Einverständnis bekundet.

Würde es ihnen gelingen, ihr Ziel zu erreichen, mochte er im Endeffekt sogar an einer guten Tat beteiligt sein.

17

»Was man in einem Oldtimer so alles finden kann«, wunderte sich Fabinger. Die Spurensicherung hatte Hansens Unfallwagen ordentlich auf den Kopf gestellt.

»Der Gute scheint jede Menge Kontakte zur Neonazi-Szene gepflegt zu haben«, kombinierte Anke Bolko.

»Jede Menge Propagandazeugs, spannend auch die Anleitungen zum Bombenbasteln …«, zählte Aalmann auf.

»Eine der wenigen Bastelanleitungen, die es im Hobbyhandel nicht gibt – eine echte Marktlücke«, scherzte Fabinger. »Stellt euch die ganzen Bastelmuttis vor, wie sie mit ihren Kleinen …«

»Robert, ich bitte dich«, schritt Anke ein.

»… oder hier aus der Abteilung Schmuck: dekorative Anstecker, das Hakenkreuz als Piercing. Moment mal, die sind ja richtig aktuell, ein Aufruf zu einer Demo vor dem Nato-Hauptquartier in Brüssel.«

»Was gibt's zu protestieren?«

»Warte. Hier: ›… die Bonner Machthaber degradieren im Kosovo-Krieg deutsche Soldaten zu Hilfswilligen der US-Amerikaner ...‹«

»Haben die Computerfritzen unten eigentlich die Disketten schon gebührend gewürdigt?« wollte Fabinger wissen.

»Ja, wir können gleich hin. Sie wollen uns zeigen, was drauf ist. Irgendwelche Dateien, HTML und so, falls euch das was sagt.« Anke tat wissend.

Der Kollege Computerspezialist saß inmitten mehrerer eingeschalteter Rechner, flimmernder Bildschirme und überquellender Aschenbecher. Die Luft war zum Schneiden.

»Du hast ja hier ein richtig heimeliges Örtchen«, scherzte Fabinger, »die Luft hier erinnert mich an einen Luftkurort an der See, wo ich als asthmatischer Knabe mal die Ferien verbracht habe.«

»Da wehte genauso 'ne steife Brise wie hier, ne«, setzte Aalmann noch eins drauf. »Du musst wissen, Robert gewöhnt sich das Rauchen ab ...«

»Also, nun habt euch mal nicht so, Jungs«, versuchte sich der Kollege zu verteidigen, ging aber gleichzeitig zum Fenster, um es zu kippen.

Aalmann zeigte nur auf Anke Bolko. Kollege Spezi verstand nicht.

Anke half ihm auf die Sprünge: »Nun mach' schon, Mädel, was haste denn gefunden?«

Er war verwirrt, aber da es um eins seiner Spezialgebiete ging auch sofort wieder in seinem Element.

»Ja, nun. Also die Disketten waren natürlich größtenteils verschlüsselt und sind doch nur voller HTML- und GIF-Dateien. Was Interessanteres war nicht drauf.«

»Das wissen wir schon.«

»Ist ja gut. Die sind alle zur Erstellung einer Internet-Seite gedacht, ja. Also, World Wide Web, das kennt ihr ja. Und zu dem Quellcode, der da immer wieder auftaucht, bin ich natürlich auch gleich mal hingesurft und das sieht dann schon ganz schön übel aus. Kommt, ich zeig's euch hier auf diesem Bildschirm.« Die Blicke wendeten sich.

»Also hingesurft bist du, ja?« fragte Aalmann. Er nahm seinen Kollegen nicht ganz ernst, kam aber nicht auf die Idee, dass sein Vokabular, um sich mit einem Computerfreak zu unterhalten, möglicherweise nicht ausreichte. »Segeln während der Arbeitszeit. Finde ich gut, du hast echt Spaß hier, was?«

Ihr Kollege ließ sich nicht stören: »Hier bin ich jetzt online. Und das ist nicht etwa die gemeinsame Website des Elektriker-Verbands, was man hinter einer Namensverbindung mit ›Neon‹ ja durchaus vermuten könnte, sondern hier toben sich die Rechten aus und zwar die von ganz rechts außen, die zudem noch religiöse Fundamentalisten sind oder sein wollen. Eine unglaubliche Schwarz-Weiß-Malerei. Interessant ist die Konzeption des Ganzen, die Theorie ist ja mehr oder weniger weltweit derselbe Quark, aber im Hinblick darauf, was es für die Anhänger nun wirklich zu tun gibt, scheint die Seite in erster Linie für Amerika und Deutschland gestrickt zu sein. Man kann auch die Sprache wählen: Deutsch oder Englisch.«

»Also, du meinst, jedem der auf diese Seiten kommt, dem soll ein Licht aufgehen?«

»Genau, Robert.« Anke war immer aufmerksam.

»Und gestrickt, wie du dich ausdrückst, hat die möglicherweise der, bei dem wir die Disketten gefunden haben?«, wollte Aalmann wissen.

»Zumindest sind einzelne Teile dieses Ganzen auf den Disketten wiederzufinden. Die Vermutung liegt also schon sehr nahe. Übrigens auf fast allen Disketten steht eine Bezeichnung oder ein Name: ›Streiter Gottes‹.«

Kollege Spezi zeigte ihnen auf der Website Pläne zum Bombenbau, die Nennung möglicher Ziele gleich mit dabei. Dann gab's Auszüge aus der Bibel, aus Hitlers »Mein Kampf«. Im ›Shop‹ konnte man von der Bibel bis zum Schweizer Messer alles Mögliche auch zum Sprengsatzbasteln bestellen. Er kannte sich hier schon gut aus. Das Ganze war nahezu überall religiös verbrämt, was man allerdings sofort durchschaute. Und zum

Schluss stießen sie dann noch auf die Abschuss-Listen, die waren auch für ihn neu.

»Gott, guck mal, wer da alles draufsteht. Und die wollen die alle beseitigen, das käme ja fast einem Völkermord gleich«, konnte Fabinger sich nicht zurückhalten. So richtig ernst nahm er das nicht. Bis die ersten Namen rot durchkreuzt waren, die hatten ohne Zweifel bereits alle dran glauben müssen. »Wahnsinn.« Das würde dem lieben Gott nicht gefallen.

»Kannst du uns das ausdrucken; die Listen hier erstmal, meine ich?«

»Ja, klar.«

Der Drucker summte schon.

Vor allem ein Name auf der Liste war für sie von Interesse. Er fiel ihnen erst auf den Ausdrucken auf, ganz gegen Ende. Sie waren überrascht und entsetzt, dass er rot durchkreuzt war: ›Antje Wolf, German politician for legalization of abortion‹.

Die anderen Opfer ihrer vorausgegangenen Fälle standen nicht auf der Liste.

Rechtsextreme. Gottesstreiter. Und Antje Wolf bereits als tot verzeichnet.

Aalmanns Hoffnungen waren sämtlich dahin. Um sie herum war die Hölle los und sie traten immer noch auf der Stelle. Wenn sich bewahrheiten würde, was auf dieser Internet-Seite bereits als

Fakt zu lesen war, dann hatte ein weiteres Leben gewaltsam und unfreiwillig sein Ende gefunden. Es war grausam.

Auch die Observierung von Stabenaus Wohnung hatte bislang keine Bewegung in die Ermittlungen gebracht. Wo hielten sich diese Typen bloß auf?

»Komm, Robert. Lass uns selbst mal bei dem Stabenau nachsehen. Wir dürfen nichts mehr unversucht lassen, absolut nichts mehr«, sagte Aalmann.

»Durchsuchungsbefehl?«

»Besorgen wir uns später. Ich nehm's auf meine Kappe, falls es Probleme damit geben sollte. Los, komm! Hast du mal eines von deinen Kaugummis? Soll die Gehirnzellen anregen, das Kauen.«

Fabinger merkte, dass Aalmann in Schwung kam.

Die Sonne hatte tagsüber den Hochnebel vertrieben, jetzt kamen von Westen die ersten Wolken auf. Während der Fahrt telefonierte Aalmann noch einmal mit ihrem Computerfachmann und ließ sich über die Möglichkeiten aufklären, an diejenigen zu gelangen, die diese Website betrieben.

»Schwierig, schwierig«, sagte der, »wenn man den Rechner hätte, auf dem das Ganze verzapft worden ist, könnte man dort vielleicht noch den einen oder anderen Hinweis finden. Der wird sicher seine Daten irgendwo hin geschickt haben.

Dazu braucht er Programme und wenn die auf der Festplatte drauf sind, dürften sich Anwahl, Zugangscodes für den zugehörigen Server finden. Wo das Ding dann steht, weiß man davon allerdings auch noch nicht. Vielleicht könnten uns E-Mail-Adressen weiterhelfen, könnten auch welche drauf sein. Also der Rechner wäre schon gut.«

»Okay, der Rechner. Mal sehen. Und danke«, beendete Aalmann das Telefonat.

Sie bogen in die Annenstraße ein. Wie angeordnet saßen Zivile in einer Streife in Nähe des Hauses in der Stabenau seine Wohnung hatte.

»Und? Nichts?«, fragte Fabinger.

»Absolut null. Erlöst ihr uns jetzt von dem Job? Es ist schlicht und einfach todlangweilig. Nicht zum Aushalten.«

»Wir gehen jetzt mal rein und schauen uns da um. Solange solltet ihr noch warten. Sind wir in ..., sagen wir, ... zehn Minuten, noch nicht wieder zurück, dann seid bitte so nett und schaut mal nach uns«, erteilte Aalmann seine Instruktionen.

Es war Mittwochnachmittag, kurz nach zwei Uhr.

18

Nachdem auf mehrfaches Läuten niemand geöffnet hatte, auch kein Mucks zu hören war, bat Aalmann Fabinger, seine handwerklichen Fähigkeiten aufzufrischen. Das war auch vonnöten. Er hatte echte Mühen, die Tür zu öffnen.

Die Wohnung war hell und einigermaßen aufgeräumt, allerdings spärlich möbliert. Der Ausblick aus den Fenstern war angenehm. Auf dem Tisch standen Gläser und leere Flaschen, eine alte Fernsehzeitschrift lag auf einem Stuhl. Der Kühlschrank war ziemlich leer.

In einer Ecke des Raums stand ein Computer auf einem kleinen Schreibtisch, darunter standen zwei Rechner. Aalmanns Mine entspannte sich. Wie bestellt! Die würden die Kollegen gleich mal zum Spezialisten karren.

Gleich daneben stand ein Bett, keine Restwärme. Ihm war, als hätte er noch nicht alles Wichtige wahrgenommen, bis er sich der Kochnische annahm. Die Kanne der Kaffeemaschine beinhaltete noch einen ansehnlichen Rest lauwarmen Kaffees.

»Bernard, kommst du mal?«, rief Fabinger aus

dem Nebenraum. Er ging nach nebenan, sagte aber nichts.

»Irgendwie sieht es hier aus, als hätte jemand schnell 'n paar Sachen zusammengepackt, oder?«

In der Tat. Der Schrank stand offen, ebenso ein paar Schubladen. Einige Klamotten hier und da herausgezogen. Auf dem Fußboden stand zudem eine Sporttasche mit schmutziger Wäsche.

Aalmann ging zurück. Auf einer Art Pinnwand über dem Schreibtisch entdeckte er eine Postkarte mit einem Amsterdamer Motiv, die auch dort abgestempelt war.

›Meine Brüder, vielen Dank für eure guten Dienste während der letzten Tage. Möge unsere beginnende Zusammenarbeit auch in Zukunft so angenehm sein.‹ Unterzeichnet war das Ganze mit ›Taylor‹.

Es klopfte an der Tür. Sie hatten die Kollegen vergessen. Fabinger sah sie durch den Spion der Wohnungstür und musste lachen, sie trugen beide ihre Waffen im Anschlag. Er öffnete und sagte kichernd: »Sorry, die Kollegen. Wir haben euch schlicht vergessen. Aber das hier könnt ihr doch schon ganz gut ...«. Er zeigte auf die Pistolen.

Aalmann unterbrach: »Nur, unseren Freund hier, den müsst ihr irgendwie übersehen haben.« Er führte sie zur Kaffeemaschine. »Jetzt sagt nicht, ihr wisst nichts von einem Hintereingang in diesem Haus. Wenn ich den gleich finde ...«

Zumindest war es eine Möglichkeit, der Eingang von hinten ins Haus existierte.

Beim Einpacken der Computer fiel dem Streifenpolizisten ein Zettel auf, der unter den Rechnern gelegen hatte. Er nahm ihn hoch, es stand nichts darauf. Aber es fiel sofort auf, dass er als Schreibunterlage gedient hatte. Als Aalmann ihn genauer betrachtete, konnte er eine Nummer sowie das kleingeschriebene Wort ›Büro‹ lesen. Sofort ging er zum Telefon und wählte.

Es meldete sich das Reisebüro am Bahnhof.

»Hier spricht Kriminalkommissar Aalmann. Ich hätte gerne eine Auskunft von Ihnen.«

»Ja, gerne. Wo soll's denn hingehen?«

»Nein, nein. Ich möchte gerne wissen: hat bei Ihnen ein Alexander Stabenau in der letzten Zeit irgendetwas gebucht?«

»Entschuldigen Sie. Derlei Auskünfte darf ich Ihnen telefonisch nicht erteilen ...«

»Ja, ja, ja. Aber es ist wichtig!«

»Es geht nicht. Da müssen Sie schon selbst vorbeikommen. Das müssen Sie bitte verstehen.«

Aalmann hatte bereits eingehängt, fingerte aber noch am Telefon herum. Hoffnungslos freundlich, dachte er.

»Also los. Keine Zeit mehr verlieren. Solange ist der Stabenau hier noch nicht weg und vermutlich ist er auf dem Weg nach Irgendwo. Wenn ihr mit größter Sorgfalt die Geräte zur Computerspezialität fahrt, kümmern wir uns um den Rest. Die Beobachtung des Hauses hat sich ja erledigt. Vielen Dank übrigens für die gute Arbeit. Sie hat uns ein großes Stück weitergebracht.«

Die Streife schaute betreten unter sich. Aalmann hatte sein Handy bereits wieder am Ohr und lief im Hausflur die Treppen hinab. Fabinger folgte.

Im Büro ging Anke an den Apparat.

»Hör mal, Anke. Kannst du umgehend ins Reisebüro am Bahnhof fahren und dich dort erkundigen ob und was Stabenau dort gebucht hat ... oder schick' Fabroni hin?! Ich vermute auf mich wartet einiges im Büro ...?«

»Allerdings. Kannst du dir ja vorstellen. Die Partei und die Eltern, letztere haben verständlicherweise absolut keine Nerven mehr. Also, die tun mir wirklich Leid.« Anke ahnte nicht, was ihnen bevorstand.

»Noch was, wo muss ich den Namen Taylor hinstecken? Hilf mir doch mal auf die Sprünge! Irgendwo tauchte der doch in der letzten Zeit auf.«

»Wenn mich nicht alles täuscht, gehört der in den Zusammenhang mit den ersten beiden Toten, dem Türken und dem Algerier. Vielleicht bei den Verhören ... die Streiterei in der Paradiso-Bar, du weißt schon!«

»Ja stimmt. Leg mir, wenn möglich bevor du fährst, diese beiden Akten noch auf den Tisch. Ich dank' dir herzlich. Und wenn die Tante in dem Reisebüro was Interessantes hat, ruf mich an. Ciao, bis nachher.«

Aufgrund der unübersehbaren Hektik im Büro, verschwanden Aalmann und Fabinger sofort hinter ihren Schreibtischen, die sich unter den Akten und allem möglichen Schreibkram förmlich bogen. Es herrschte eine Atmosphäre, in der Aalmann erst richtig kreativ wurde. Gerade in übergroßem Chaos machte er immer eine gute Figur.

»Robert, ich frage mich die ganze Zeit, wo kam an besagtem Abend der Hansen mit seinem Wagen her. Dass der überhaupt da lang fuhr, zeigt doch klar, dass er mit der Lösegeldübergabe nichts zu tun hatte. Sonst wäre er dort doch nicht aufgetaucht ...«

»Oder aber er steckt voll mit drin und vor lauter Dummheit denkt er sich nichts dabei, dort aufzukreuzen«, unterbrach ihn Fabinger.

»... Gleichzeitig fuhr er wie die gesengte Sau, obwohl er sich darüber im Klaren sein musste, polizeilich gesucht zu werden, was meine Vermutung bestärkt. Also so einer müsste doch möglichst unauffällig über Land juckeln.«

»Egal wie er gefahren ist. Mit der alten Kiste fiel er doch sowieso auf.«

»Magst du Recht haben. Trotzdem glaube ich, dass dem irgendwer oder -was im Nacken hing. Er könnte von überall gekommen sein. Was hatten wir denn so in der letzten Zeit in der Gegend? Ich frag' Winkler mal.«

Es dauerte nur Sekunden, da hatte er die Zentrale schon. »Aalmann hier. Sag mal, letzte Woche Freitag, wer saß da in der Zentrale?«

»Um welche Uhrzeit? Ab 14 Uhr war ich hier.«

»Prima. Kannst du dich noch erinnern, ob es was Besonderes gab? So in der Gegend Vegesack oder nördlicher, Aumund oder vielleicht auch Burglesum.«

»So viel war nicht los, obwohl es Freitagabend war. Das Übliche eigentlich, 'n paar Betrunkene, die zu laut waren – so Sachen. Warte, ich hol' mal kurz das Protokoll.« Er war schnell zurück. »Im Schönebecker Kirchweg gab's einen heftigen Ehestreit zu schlichten, ja und Kröger hat sich mal wieder gemeldet.«

»Kröger? Wer ist das?«

»Kennste den nicht? Na, musste auch nicht. Ist 'n Bauer, der immer Stress hat mit irgendwelchen Typen, die auf seinen Äckern und Waldgrundstücken das Autofahren üben. Der war auch wieder dran, ist immer empfindlicher geworden in der letzten Zeit, kann man ihm nicht verdenken. Roth und Jürgens sind hingefahren.«

»Das sind doch die, die Stabenaus Wohnhaus observiert haben?«

»Hm«, zögerte Winkler, »ja, stimmt. Die sind das.«

»Wo befinden sich denn die Felder von dem Kröger?«

»Warte mal. Mir fällt hier grade was im Protokoll auf. Kröger hat als Ort des Geschehens Stabenaus Jagdhütte angegeben.«

»Was? Der hat 'ne Hütte? Das erfahre ich jetzt erst?! Wo sind denn die Felder beziehungsweise wo ist diese Hütte.«

»Zwischen den Hammersbecker Wiesen und Löhnhorst, grobe Richtung Schwanewede, Bremerhaven hoch.«

Sie nahmen die A 27, Fabinger fuhr und Aalmann konnte es nicht schnell genug gehen. Fabroni, war doch im Büro geblieben. Ihn und Sanders hatte er per Funk auch dorthin bestellt. Sie kannten die Kröger-Geschichte, anfänglich waren sie mal dort gewesen. Auf Roth und Jürgens hatte er heute keine Lust mehr.

Als sie bereits den Hafen passierten, meldete sich Anke mit Ergebnissen aus dem Reisebüro. Weder kannte man dort einen Stabenau noch einen Kabakov.

»Aber ich hatte ein Foto von Stabenau dabei, und als ich das zeigte, konnte sich eine der Mitarbeiterinnen erinnern. Gebucht haben sie auf heute unter den Namen Horst Schneider und Roger Walpersdorf; der Flug geht 17 Uhr 15 ab Hamburg.«

»Ja, und wo soll's hingehen?«

»Ach ja, nach Minnesota.«

Aalmann hatte das Gefühl, die Ereignisse würden sich überschlagen. Nach langen Tagen ohne Erfolge ging es nun holterdiepolter.

»Oh Gott, viel Zeit bleibt uns dann nicht. Bist du schon wieder im Büro?«, fragte Aalmann.

»Nein. Aber auf dem Weg.«

»Dann gib Gas und die Fahndung raus, vor allen Dingen an den Flughafen, Passkontrolle und so. Leier alles an, was geht. Wir sind gerade auf dem Weg nach Leuchtenburg, dort soll ein Stabenau eine Jagdhütte besitzen. Wenn uns da das erwartet, was ich vermute ... ich habe ein verdammt ungutes Gefühl. Also, mach's gut, bis später.« Er legte auf und dachte kurz: Mord als Mittel, gleich welche Interessen es durchzusetzen gilt. Dann wählte er erneut.

Winkler meldete sich sofort.

»Winkler. Aalmann noch mal. Hast du die Telefonnummer von diesem Bauer Kröger?«

Aalmann schrieb mit, bedankte sich, wählte sie sofort und erkundigte sich bei ihm nach der Jagdhütte, nach seinem Besitzer und dessen Telefonnummer.

Er hatte wirklich Glück, auch Fritz Stabenau war erreichbar. Er wohnte nicht weit weg und versprach, sich sofort auf den Weg zu seiner Hütte zu machen. Aalmann bat ihn allerdings, bei der Abzweigung an der Hauptstraße auf sie zu warten. Aus Gründen der Vorsicht und sie müssten so auch nicht lange nach der Hütte suchen.

Sie trafen zuerst ein, obwohl sie erst in Schwanewede von der Autobahn abgefahren waren und dann die Hauptstraße wieder ein Stück zurückfahren mussten. Nach kurzer Zeit folgte Stabenau, der sie nach von beiden Seiten gestellten Fragen und knapp erteilten Antworten darüber informierte, seinem Neffen vor längerer Zeit einen Schlüssel zur Hütte gegeben zu haben.

»Ab und an haben die Jungs sich übers Wochenende mal hier einquartiert. Nur mal so und hin und wieder hatten sie wohl auch mal was zu feiern. Gab bisher aber nie Ärger.«

»Wen meinen Sie genau mit den Jungs?«, fragte Fabinger.

»Na ja, genau weiß ich das nicht. Mein Neffe, Alexander, sprach immer von seinen Freunden. Namen hat er mir keine genannt, wieso auch? Hätte ich ja sowieso nichts mit anfangen können ... Aber sagen Sie mal, hat der etwa was ausgefressen?«

Aalmann und Fabinger hatten Alexander Stabenau wohlweislich noch gar nicht erwähnt. Auch einen großen Teil der Fakten hatten sie verschwiegen, nur über das Nötigste hatten sie ihn informiert, was nicht gerade viel war, ihm aber offensichtlich genügt hatte.

»Und den Ärger den der Kröger hier auf seinen Feldern mit jugendlichen Rowdies hat ...? Damit, meinen Sie, haben Ihr Neffe und seine Freunde nichts zu tun?«

»Glaube ich nicht«, sagte er und schüttelte den Kopf, »kann ich mir nicht vorstellen.«

Dann trafen auch Sanders und Fabroni ein und sie bogen in zwei Wagen hintereinander in den Waldweg ein. Stabenau fuhr mit Aalmann und Fabinger voraus und zeigte ihnen den Weg.

Das Tor der Einfahrt und die Tür im hohen Drahtzaun waren beide verschlossen, so dass Stabenau öffnen musste. Das Haus machte einen verlassenen Eindruck. Trotzdem bat Aalmann alle zur Vorsicht. Ein Blick in die Scheunen, in denen kein Wagen stand, ließ es als sehr wahrscheinlich gelten, dass sich niemand hier aufhielt.

Im Hof waren allerdings Reifenspuren zu sehen, die einen noch recht frischen Eindruck machten. Stabenau öffnete ihnen vorsichtig die Tür, es war stockdunkel im Haus. Nachdem sie keinen Laut vernahmen, bat Aalmann ihn das Licht einzuschalten.

Das Haus beherbergte niemanden. Es sah einigermaßen aufgeräumt aus. Trotzdem konnte sich Aalmann des Eindrucks nicht erwehren, dass kürzlich jemand hier gewesen und auch, ähnlich wie in Alexander Stabenaus Wohnung, plötzlich und in Eile aufgebrochen war. Auch der Besitzer selbst, hielt die Ordnung nicht für die übliche; mit Bestimmtheit zu sagen, was entscheidend anders war, vermochte er allerdings auch nicht.

»Die Rolle Klebeband da gehört jedenfalls nicht hierher«, sagte er und zeigte auf den Nachtschrank neben einem der beiden Betten.

Wen Aalmann hier zu finden geglaubt hatte, nämlich Antje Wolf, von ihr war leider auch nicht die geringste Spur zu sehen. Die Hoffnung, dass sie noch am Leben war, hatte er deswegen aber noch nicht gänzlich aufgegeben.

»Sanders, lassen Sie doch bitte die Spurensicherung kommen und bleiben Sie solange hier, bis die eingetroffen sind. Sicher ist sicher. Ich fahre mit Fabinger schon zurück.« Und zu Stabenau gewandt: »Herr Stabenau, vielen Dank für Ihre Mühe. Sollte etwas Entscheidendes auch für Sie von Interesse sein, dann melden wir uns selbstverständlich. Auf Wiedersehen.« Er gab ihm die Hand und stieg ins Auto.

Etwas fiel ihm noch ein. Er stieg wieder aus und rief: »Herr Stabenau, eine Frage noch«, Aalmann ging ihm entgegen, »Alexanders Eltern, wo erreichen wir die eigentlich?«

»Mein Bruder und seine Frau sind verstorben. Tragischer Autounfall. Ist jetzt schon vierzehn Jahre her.«

»Hm. Tut mir Leid. Aber danke noch mal.«

Aalmann ging in Gedanken versunken zum Wagen zurück und stieg wieder ein. Hörte sich ganz nach schwerer Kindheit an, aber das waren doch alles Klischees.

Fabinger fuhr langsam los.

»Ich weiß mittlerweile gar nicht mehr genau, an welchen Fronten wir sozusagen eigentlich operieren. Und ob sämtliche fünf Fälle überhaupt zusammengehören?«

Er erschrak. Fünf ungeklärte Fälle waren es bereits. Um sich der korrekten Zahl zu versichern, zählte er sie in Gedanken noch einmal auf: der Türke, der Algerier, Kadar, Stefanie Wagner und Antje Wolf. Fünf. In der Tat. Und alle tot.

Fabingers Frage hatte Aalmann nicht erreicht. Er war immer noch in Gedanken. Diese Angst vor einer solchen Situation kannte er. Oft dachte er daran, was wohl sein würde, wenn er mal plötzlich nicht mehr wäre, z. B. ein Autounfall oder ähnliches. An Risiken mit solchen Folgen mangelte es in seinem Beruf ja nun wahrlich nicht. Was würde mit den Kindern und mit Julietta? Dann überfiel ihn meist eine Art Trauer, wie man sie wohl empfinden mochte, wenn man selbst einen Verlust zu verkraften hätte. Er konnte nicht genau ausmachen, wer ihm mehr Leid täte, die Kinder, seine Frau oder etwa er sich selbst. Aber das führte jetzt zu weit. Er riss sich von diesen Gedanken los, konzentrierte sich und bemerkte, dass er von den wenigen Schritten in Wald und Gras nasse Füße bekommen hatte. Er betrachtete seinen rechten Schuh und bemerkte ein Loch rechts außen, neben einer Naht.

»Robert, lass uns bitte eben kurz in der Stadt bei dem Schuhladen in der Poststraße vorbeifahren. Ich brauch' dringend ein Paar neue, hab' grade nasse Füße bekommen.«

Robert schaute ihn merkwürdig und ungläubig von der Seite an. »Du willst jetzt, wo uns so langsam alles über den Kopf zu wachsen droht, dass ich mit dir shoppen gehe. Das kann doch nicht dein Ernst sein! Was ist los mit dir?«

»Ich bitte dich. Das dauert doch nicht lang, 'ne Viertelstunde vielleicht. Höchstens. Außerdem läuft doch alles, wir haben alles was wir derzeit tun können in die Wege geleitet, oder?«

Fabinger sah schon, dass es keinen Zweck hatte mit ihm zu diskutieren.

Der Schuhladen lag etwas versteckt in der Poststraße, aber Aalmann wusste genau wo er war. Immer wenn er Schuhe brauchte, was nicht allzu oft der Fall war, ging er dort hin. So einen großen Verschleiß hatte er ja nicht. Aber für gute Schuhe hatte er was übrig.

Im Fenster schon entdeckte er zwei Modelle, die ihm gefielen. Im Laden ließ er sie sich zeigen und probierte sie an. Dabei fiel ihm auf, mit was für ausgelatschten Tretern er die ganze Zeit dem Verbrechen auf der Spur war. Unglaublich. Größe 43 passte ihm merkwürdigerweise. Waren seine Füße denn geschrumpft? Fabinger schritt unterdessen unbeteiligt die Regale ab.

»Komm doch mal, Robert«, rief Aalmann. »Wie findest du die?«

»Also, Bernard, du spinnst. Ich hab' jetzt wirklich keine Lust ... Das ist verantwortungslos, was wir hier machen.«

Die Verkäuferin begriff nicht und schaute beide abwechselnd mit fragenden Blicken an. Ehe sie sich anschickte, sich zurückzuziehen, fragte Aalmann sie, von woher die Schuhe kämen.

»Ralph Harrison ist ein italienischer Schuh.«

Soso, dachte er sich, mit Blick auf den Stempel im Schuh, ›Ralph Harrison. Shoemaker‹, aus Italien also. Es war alles so eindeutig. Von wegen.

Aalmann traf die Entscheidung allein, zahlte und bat sein altes Paar doch gleich dalassen zu dürfen.«

Leichten Fußes ging er mit Fabinger zurück zum Wagen. Er blickte auf seine Uhr: »Na siehste, fünfzehn Minuten, nicht mehr!«

An der Scheibe des Wagens prangte ein Warnzettel.

»Den zahlst aber du«, meckerte Fabinger.

»Wieso ich? Du bist gefahren und hast die Parkuhr nicht betätigt ... Na, komm, gib schon her! Und nun?«

Fabinger war versucht zu zitieren und tat es auch: »Da sind sie wieder meine drei Probleme ...«

»Fünf«, korrigierte Aalmann und schaute auf die Uhr. Es war am Nachmittag, gerade wenige Minuten vor 16 Uhr.

19

Anke hatte die Fahndung ausgelöst, am Flughafen in Hamburg wussten alle Bescheid. Die Polizei war fleißig.

Die Rechner aus Stabenaus Wohnung steckten in der Auswertung. Die grüne Politik wurde in den Vorzimmern auf Kurs gehalten und Antje Wolfs Eltern hatten sich schutzsuchend zu engen Verwandten begeben, nicht ohne Anke deren Telefonnummer mitzuteilen. Bis auf weiteres seien sie dort zu erreichen.

Aalmann musste im Nachhinein nur noch den Durchsuchungsbefehl für Alexander Stabenaus Wohnung besorgen und auf den Bericht der Spurensicherung in Sachen Jagdhütte warten.

Er saß an seinem Schreibtisch, hatte die mittlere Schublade geöffnet und sich aus einer Tüte einen salzigen Lakritzhering in den Mund gesteckt, als der ernüchternde Anruf kam. Er nahm selbst ab.

»Ja bitte, Aalmann hier.«

»Flughafenpolizei Hamburg. Haas am Apparat. Also: die beiden Personen nach denen wir fahnden sollen, da ruft uns soeben die Lufthansa hier an. Die haben umgebucht, was die eben jetzt erst bemerkt haben, und sind schon vor Eintreffen der Fahndung, so gegen 14 Uhr 30 nach Amsterdam geflogen, von wo aus sie unmittelbaren Anschluss nach New York haben, um 16 Uhr 15. Für uns hat sich das dann wohl erledigt.«

»Ja, leider. Vielen Dank. Wiederhören.« Und zu Fabinger gewandt: »Die sind weg, haben umgebucht nach Amsterdam, vermutlich um gleich einen Anschlussflieger nach New York zu kriegen. Von da aus geht's dann vermutlich weiter nach Minnesota oder sonst wohin.«

»Also«, kombinierte Fabinger, »internationaler Haftbefehl via Interpol, ich eile.«

Er ging zu Anke hinüber und ließ sich die ursprünglichen Flugverbindungen zeigen. Ein Vorteil, den die beiden vom Umbuchen hatten, zeigte sich ihnen dabei nicht.

»Vielleicht«, meinte Anke, »Irreführung der Behörden. Die können in Amsterdam ja theoretisch wieder umbuchen. Und dann geht's vielleicht auf die Malediven, oder so ...«

Aalmann begab sich ans erneute Studium der Akten zu den beiden ersten Morden an dem Türken und an dem Algerier. Es dauerte nicht lange, da stieß er auf das Protokoll der Verhöre, mit den Besuchern der Paradiso-Bar nach dem Tumult dort, in den die beiden ersten Toten zuvor irgendwie verwickelt waren. Genau wie Hansen und seine Freunde. Aber da tauchte auch ein Amerikaner auf, Mehrfachnennung. Mit Taylor war er angeredet worden. Verschiedene Personen hatten ihn gesehen. Verhört worden war er aber nicht. Hatte sich vermutlich rechtzeitig aus dem Staub gemacht.

Aalmann lehnte sich zurück, die Arme hinter dem Kopf verschränkt. Taylor, Taylor. Die Postkarte in Stabenaus Wohnung fiel ihm ein, ›vielen Dank für die Dienste in den letzten Tagen‹ oder so ähnlich. Gut. Dass der hier gewesen war, war sonnenklar. Dass alle Beteiligten ihn getroffen hatten, auch. Warum, allerdings nicht. Und wer er war, wie sein vollständiger Name lautete, alles unbekannt.

Fragen über Fragen und keine Antworten. Moment, die Postkarte trug ein Motiv des Amsterdamer Flughafens und war auch in Amsterdam abgestempelt gewesen. Stabenau und Kabakov waren jetzt ebenfalls dort. Das konnte kein Zufall sein. Also dort, vermutete er, könnte sich in der nächsten Zeit etwas tun.

Fabinger, der inzwischen wieder zurückgekommen war, bestätigte den internationalen Haftbefehl.

»Müssen wir den Kollegen am Amsterdamer Flughafen nicht auch noch mal extra Bescheid geben. Ich meine ...«

»Das habe ich selbstverständlich gleich mit erledigt.«

Dass die Kollegen just zu diesem Zeitpunkt dort alle Hände voll zu tun hatten, konnten Aalmann und Fabinger nicht wissen.

20

Taylor war überaus erbost gewesen über das, was er von Walters zu hören bekam. Die Ereignisse in Deutschland konnten auch für ihn und die ›Fighters‹ insgesamt gefährlich werden.

Was ihn allerdings momentan besonders beunruhigte, war, dass Hansen nicht mehr am Leben war. Bislang war er ihm, trotz seines sprunghaften Charakters, als ein Garant erschienen. Der fehlte ihm jetzt, und prompt war es auch so, dass die Freunde Hansens seine erste große Aufgabe für die ›Fighters‹ an sich gezogen hatten und nun auf eigene Rechnung arbeiteten.

Im aktuellen Fall Wolf war vereinbart gewesen, dass sie nach geglückter Lösegeldübergabe frei gelassen und dass das Lösegeld 40 zu 60 geteilt werden sollte. Es sollte für Antje Wolf erstmal nur eine Lektion sein und zudem konnte man eine solche Kuh dann vielleicht noch ein zweites Mal melken.

Sie liefen nun Gefahr leer auszugehen, weil Stabenau und Kabakov vorgaben, von dieser Vereinbarung mit Hansen nichts zu wissen. Und dann hatten sie die Wolf entgegen dem Plan einfach umgelegt. Stabenau hatte in seinem letzten Telefonat mit Walters zwar jegliche Schuld abgestritten und behauptet, Hansen sei dafür verantwortlich. Er habe die Tat in ihrer Abwesenheit begangen und sei anschließend in ihrem gemeinsamen Versteck, das für sie dann angeblich unvorhersehbar zum Tatort geworden war, nicht mehr aufzufinden gewesen. Aber das konnte er ihnen nicht glauben.

Er hatte Walters dann den Auftrag erteilt, sich mit den beiden in Amsterdam zu treffen, entweder an ihren Verstand zu appellieren und sie zur Ordnung zu rufen oder aber sie rigoros zur Räson zu bringen, je nachdem was geboten erschien. Sicherheitshalber sollte er Cramer mitnehmen. Und als oberste Prämisse hatte er ausgegeben, auf keinen Fall auf die Vereinbarungen mit Hansen zu verzichten. Mit anderen Worten: sie sollten das Geld auftreiben, zumindest einen großen Teil davon.

Taylor selbst hatte den Kontakt wiederhergestellt. Nachdem die beiden in den letzten Tagen nicht zu erreichen gewesen waren, hatte er es einfach noch mal mit Hansens Handy-Nummer probiert und siehe da, Kabakov meldete sich.

Er hatte erst so getan als sei alles in bester Ordnung, rückte dann aber doch mit der Wahrheit raus. Taylor bot ihnen nicht uneigennützig seine Hilfe an, er könne ihnen via Amsterdam einen Fluchtweg eröffnen. Nur so, mit diesem Köder, dachte er, überhaupt eine Chance zu haben, sie wieder unter Kontrolle zu bringen. Darauf hatten sie sich eingelassen und er hoffte, dass Walters und Cramer, die Angelegenheit in erster Linie in ihrem gemeinsamen Sinne zu lösen verstanden.

Walters und der schwergewichtige Cramer waren bereits am Morgen auf dem Amsterdamer Flughafen eingetroffen. Die beiden Deutschen erwarteten sie am frühen Nachmittag. Als Treffpunkt hatten die sinnigerweise den Meeting Point vorgeschlagen. Ihnen sollte es egal sein.

Es war 16 Uhr als Walters und Cramer sich dort auf Sitzgelegenheiten niederließen, von denen aus sie alles im Blick hatten.

Es dauerte nicht lange, als Walters Stabenau und Kabakov auf den Treffpunkt zuschlendern sah. Cramer hatte sich gerade eine Zigarette angezündet.

»Da kommen sie.«

»Okay, der Plan ist ja klar«, versuchte Cramer dem etwas nervösen Walters Ruhe zu vermitteln.

Dieser stand auf und gab sich durch ein Winken den beiden zu erkennen. Worauf diese ihren Schritt beschleunigten.

»Hallo, ihr beiden. Wie war der Flug?«, fragte Walters im Entgegenkommen betont jovial. Er wollte erst überhaupt keinen Verdacht aufkommen lassen. Und ohne eine Antwort abzuwarten: »Darf ich euch vorstellen, Winston Cramer, mein Kollege. Winston, das sind Alex Stabenau und Olov Kabakov.«

»Sehr angenehm«, sagte Cramer. Sie reichten einander die Hände.

»Ich schlage vor, wir gehen was trinken«, sagte Walters. »Ist mit Sicherheit ruhiger als hier, oder? Gleich hier drüben gibt es eine Bar.«

Sie schlenderten stillschweigend den kurzen Weg in die Bar. Niemand sagte etwas. Erst als sie dort Platz genommen hatten, begann Walters.

»Ein bisschen was schiefgelaufen, Jungs?«

Sie konnten nicht antworten, die Bedienung kam in diesem Augenblick, nahm ihre Wünsche entgegen und ging dann aber sofort wieder.

Die Version, die sie zu hören bekamen, kannte Walters schon von Taylor. Hörte sich nicht ganz unmöglich an, aber letztlich war's jetzt auch egal.

Wie ein Diplomat unterbreitete Walters ihnen ihre Sichtweise der Dinge, wobei er auch überaus deutlich auf die mit Hansen getroffenen Vereinbarungen zu sprechen kam, die für sie nach wie vor Gültigkeit hatten.

»Ach, daher weht der Wind«, begann Kabakov verärgert, »das hätte ich mir auch denken können.«

»Von wegen, uns aus der Patsche helfen«, schloss Stabenau sich an.

Waren sie wirklich so blauäugig? Walters ließ sich nicht beeindrucken. »Natürlich helfen wir gerne. Aber unsere Position ist völlig klar. Ohne den uns zustehenden Anteil des Geldes, läuft nicht viel.«

Cramer tat gelangweilt und steckte sich eine weitere Zigarette an. Die Getränke kamen.

Kabakov nahm einen großen Schluck Cola. »Ich hätt' es mir denken können, ich hätt' es mir denken können.« Gebetsmühlenartig wiederholte er diesen Satz.

Dann sagte er zu Stabenau: »Komm, lass uns gehen. Das hier wird nichts!«

Das rief Cramer auf den Plan: »Hier verlässt niemand den Tisch ... einfach so.«

»Ach ja, das meinen Sie, ja?«, provozierte Kabakov und machte Anstalten aufzustehen, wurde aber von Cramer mit einer Handbewegung daran gehindert. Er hatte ihm flugs eine Hand auf seine Schulter gelegt und drückte ihn wieder in seinen Stuhl. Kabakov dachte aber nicht daran, klein beizugeben, obwohl dieser Griff einen schon beeindrucken konnte. Mit einer schnellen Drehung entkam er Cramers Pranke, stand auf und wollte losrennen, als er einen Schlag in den Rücken verspürte, der ihn zurückstolpern ließ und sofort wieder in seinen Stuhl zwang. Er rang nach Luft.

»Damit das klar ist«, sagte Cramer nur.

»Da Worte nicht zu fruchten scheinen, begleitet ihr uns jetzt zu dem Ort, an dem ihr das Geld deponiert habt, vermutlich ein Schließfach«, befahl Walters. Sein Ton war bestimmter als zuvor. »Und bitte keine Mätzchen.« Dabei öffnete er dezent sein Jackett und zeigte ihnen den Schultergurt mit seiner Waffe. »Dann nehmt ihr das Geld und geht mit uns zu unserem Wagen ins Parkhaus. Dort können wir alles Weitere regeln. Nicht, dass ihr uns missversteht, wir möchten nicht mehr aber auch nicht weniger als den uns zustehenden Anteil. Einverstanden?« Er wartete keine Antwort ab. »Okay. Solltet ihr eine Waffe tragen, dann solltet ihr sie uns jetzt geben. Nur zur Sicherheit.«

Kabakov schüttelte den Kopf.

Stabenau sagte: »Und im Anschluss helft ihr uns möglichst schnell das Weite zu suchen?«

»Ja natürlich. Wir haben ein weiteres Paar neuer Pässe dabei, damit's keine Probleme gibt.«

Beide gaben ihr Okay. Dann zahlten sie und verließen gemeinsam das Lokal. Bis zu den Schließfächern, wo sonst hätten sie das Geld sicher aufbewahren können, brauchten sie etwa sieben Minuten. Stabenau holte den Schlüssel zum Schließfach aus seiner Hosentasche und schloss auf. Nummer 92. Er nahm drei große Reisetaschen heraus. Das Geld hatten sie auf alle drei Taschen einigermaßen gleichmäßig verteilt.

»Gut, ich gehe vor und ihr folgt mir ins Parkhaus. Cramer wird hinter euch gehen. Und wie gesagt: keine Mätzchen!« So trotteten sie hinter Walters her, konnten aber wenigstens unauffällig ein paar Worte wechseln.

»Bleibt's bei unserm Plan?«, fragte Kabakov in einem günstigen Moment.

Stabenau nickte nur.

Sie kamen bei den Aufzügen an und Walters drückte sämtliche verfügbaren Tasten um ihn herbeizuholen. Er hatte es sichtlich eilig. Der linke der drei Aufzüge hielt als erster. Walters ging darauf zu, die anderen folgten ihm. Ein Mann und eine Frau standen mit Gepäck an einer Seite gleich hinter der Tür. Walters stieg ein, dann Kabakov und Stabenau, sodass Cramer sich an den zwei Reisenden nach hinten vorbeidrücken musste.

Das war die Chance. Sie mussten hier raus, jetzt sofort. Stabenau sprang aus dem Aufzug, Kabakov folgte reflexhaft ohne zu überlegen. In dem Augenblick begann sich die Tür zu schließen. Cramer stürzte sich von hinten zwischen Tür und Rahmen, sodass sich die Tür wieder öffnete. Walters folgte ihm.

Sie sahen, wie die beiden den Gang entlang liefen, von ihren Taschen nicht unerheblich behindert. Aber Kabakov und Stabenau hatten Walters und Cramer unterschätzt, sie lavierten sich zwischen all den Menschen hindurch, die vor den Parkhaus-Kassen standen und holten langsam auf.

Kabakov merkte, dass ihnen nicht viele Möglichkeiten offen standen. Der Gang würde gleich enden, dann bliebe ihnen nur noch der Weg in die letzten Parkbereiche. Im Kassenbereich konnten sie in einer größeren Reisegruppe kurzzeitig untertauchen.

Das machte Walters sich zunutze, indem er mehrmals laut rief: »Stop them! Haltet sie! Help us!« Und in der Tat gab es einige couragierte ältere Herren, die versuchten, sich den beiden in den Weg zu stellen. Bei dem Versuch blieb es auch.

Kabakov und Stabenau gingen gnadenlos vor, rempelten und schlugen sich den Weg nach allen Seiten frei. Trotzdem strauchelte Stabenau und ehe er wieder aufgestanden war, hatten Cramer und Walters sie eingeholt. Beide hielten ihre Pistolen im Anschlag und näher gekommen, drückten sie ihnen die Waffen in den Rücken.

»So, Jungs, vorwärts!«

Sie schoben sie in den nächsten leeren Aufzug und Cramer versetzte beiden einen Hieb in den Magen, der zumindest Stabenau sich vor Schmerzen krümmen ließ.

Der war versucht, seine Knarre zu zücken, ließ es aber sein. Hier in dem Aufzug waren die Chancen zu gering, mit heiler Haut davon zu kommen.

Walters wählte die 5. Ebene, die Tür schloss sich, und sie fuhren hoch. »Das macht ihr nicht noch mal, damit das klar ist«, sagte Cramer, »sonst mache ich kurzen Prozess mit euch.« Er trat Kabakov mit dem Absatz seines Schuhs auf den Fuß, sodass der laut aufschrie. »Halt's Maul, jetzt!«

Der Aufzug hielt, sie stiegen aus und Walters lotste sie durch mehrere Türen ins Parkhaus. Die Parkreihen waren recht spärlich beleuchtet.

»So! Ihr geht voraus. Los, in die Richtung«, sagte Walters und zeigte mit der Pistole nach links. »Soweit bis ich Stopp sage. Und ihr gebt Cramer schon jetzt die Tasche mit dem Geld!« Und nach kurzer Pause mit einem Stöhnen: »Sicherheitshalber. Na, wird's bald!?«

Stabenau, der zwei Taschen trug, gab ihm eine. Völlig wortlos. Kabakov verstand; sie würden so schnell nicht aufgeben.

»Gut so«, sagte Cramer.

Der Wagen stand in der Nähe der Abfahrt. Cramer sagte: »Halt! Hier rechts der schwarze 300er«, und bediente die Zentralverriegelung mit einem Sender im Schlüssel. »Steigt ein. Einer vorne, einer hinten!« Walters ging vor auf die Fahrerseite.

Diesen Moment nutzen Stabenau und Kabakov. Ersterer startete voll durch und Kabakov hinterdrein. Sie liefen auf die Abfahrt zu. Cramer reagierte prompt und zielte auf sie, feuerte auch einen Schuss ab, traf aber nicht.

»Komm lass sie laufen! Das Geld haben wir. Sieh mal schnell nach«, sagte Walters.

Cramer riss an dem Reißverschluss der Tasche: Handtücher, Pullover, Hose ...

»Scheiße, verdammte! Die haben uns gelinkt! Nur ein paar Scheine, ganz unten drin.«

In Windeseile warf er die Tasche in den Wagen, die Tür ins Schloss und rannte hinter ihnen her. Walters folgte ihm. Sie mussten die ganze 4. Parkebene zurücklaufen, wenn sie die Autoabfahrt benutzen wollten. Das Treppenhaus befand sich zwischen den Aufzügen, dort konnten sie so schnell nicht rein sein.

Cramer und Walters liefen die Ebene bis zum Ende und blieben stehen, als sie hinter sich Geräusche vernahmen. Dann sahen sie sie. Sie hatten sich hinter einem Mauervorsprung versteckt.

Als Stabenau und Kabakov bemerkten, dass sie entdeckt worden waren, war es für sie fast schon zu spät. Trotzdem tauchten sie aus ihrem Versteck auf und betraten die Fahrbahn. Beide hatten Pistolen in den Händen. Damit hatten Walters und Cramer nicht gerechnet.

»Ihr lasst uns jetzt in Frieden abziehen! Euren Anteil habt ihr ja bereits«, rief Stabenau.

Cramer war geladen. Er war es nicht gewohnt, sich von solchen Grünschnäbeln hinters Licht führen zu lassen, und das schon gar nicht zweimal hintereinander. Die Jungs waren ganz schön dreist. Aber er hatte sie gewarnt. Er eröffnete das Feuer.

Wie in weiter Ferne hörte er Walters rufen, aber er verstand ihn nicht. Niemand verstand ihn. Die Schüsse hallten zwischen den Betonwänden wieder. Stabenau und Kabakov begannen wieder zu laufen, blieben aber immer wieder kurz stehen, um zurückzuschießen. So machten sie sich zu wandelnden Zielscheiben.

Cramer konnte nicht mehr genau sehen, wer wer war. Aber er zielte und traf, die Person ging zu Boden. Er gab weitere Salven ab, als er einen Blick hinter sich wagte und sah, dass Walters sich ebenfalls nicht mehr rührte. Jetzt läuft es auf einen Zweikampf hinaus, dachte er und schon verspürte er einen Schmerz im Bein, der ihn wanken ließ.

Das Schwein hatte ihn getroffen. Er schoss zurück, was die Waffe hergab, und er war erfolgreich damit. Kein Schuss kam mehr zurück. Er wartete einen Augenblick und humpelte dann langsam vorwärts, nicht zuletzt, um sich der Taschen mit dem restlichen Geld zu bemächtigen.

Vom Teilen konnte jetzt keine Rede mehr sein. Gleich würde er nach Walters sehen und dann würden sie die Biege machen. Er ging nahe an beide auf dem Boden Liegenden heran, versicherte sich seines offenkundigen Erfolgs, nahm zuerst Stabenaus Tasche an sich und gerade als er nach Kabakovs Tasche griff, schoss dieser mit letzten

Kräften ganz gezielt. Cramer brach langsam wie in Zeitlupe zusammen.

21

Peter Stabermann, der Neue auf Maasbergs Hof, war pünktlich am Dienstag eingezogen. Mittwoch war sein erster Arbeitstag gewesen.

Maasberg war überaus erfreut, nun eine Hilfe an seiner Seite beschäftigen zu können. Das erleichterte vieles. Obwohl der Hof eine überschaubare Größe besaß, hätte das auf Dauer wie bisher auch nicht weitergehen können. Voraussichtlich morgen schon, würde er sich mal wieder um seine kranke Mutter kümmern können. Das Tagesgeschäft würde Stabermann schon schaffen.

Auf seinen kleinen ›Schützenverein‹ hatte Stabermann zwar etwas verwundert reagiert, vor allen Dingen auf die Tatsache, dass man, von kleinen Unterbrechungen oder Pausen abgesehen, den ganzen lieben langen Tag nichts anderes machte, als schießen zu üben.

Vor allem zu was das gut sein sollte, hatte er sich gefragt. Warum machte Maasberg da selbst nur selten mit? Ob da nicht mehr dahintersteckte? Die Tatsache, dass alle Albaner sein sollten, fand Stabermann auch eigenartig. Genauso wie die mittlerweile sehr umfangreiche Artikelsammlung zum

Konflikt im Kosovo, die Maasberg in der Küchenbank aufbewahrte.

Aber Maasberg hatte seine Bedenken heruntergespielt und ihn auch angehalten, seinen Freunden nie, auch nicht in seiner Abwesenheit, den Zugang zum Keller zu verwehren.

Donnerstagmorgen – Maasberg war bereits in aller Herrgottsfrühe aufgebrochen, um nach längerer Zeit seine Mutter mal wieder zu besuchen und dort seine Frau zu treffen – war Stabermanns Anruf um 9 Uhr 36 in der Zentrale eingegangen.

Die Nacht war bitterkalt gewesen, jetzt hingen schwere Wolken am Himmel. Irgendwie sah es nach Schnee aus.

Aalmann, Fabinger und Bolko tranken zu diesem Zeitpunkt einen gemütlichen ersten Kaffee, als Winkler ihnen Meldung machte.

»Mensch, Winkler«, meldete sich Fabinger, »du bist auch immer da, was? Machst du denn eigentlich nie mal Urlaub.«

»Ich mache Urlaub, wenn es Ferien gibt. Der Kinder wegen bleibt mir leider nichts anderes übrig. Gerade dann ist es ja immer ordentlich teuer. Da hast du's besser. Na ja, aber was anderes: ich habe Arbeit für euch.«

»Auch wenn's uns daran gerade nicht mangelt, was ist los?«

»Ist Aalmann da? Ihr müsst raus nach Krögerdorf. Da hat jemand eine Tote auf 'nem Bauernhof gefunden. Stabermann heißt der, der angerufen hat. Der Bauernhof gehört einem gewissen Maasberg. Der ist euch doch auch kein Unbekannter, oder?«

»Oh Mann, Winkler. Wenn wir unsere Arbeit so gut machten, wie du deine ...«

»Danke, danke.«

»Gibt's sonst noch was, was wir wissen sollten?«

»Nö, im Moment wüsste ich nicht.«

»Okay, also dann. Wir fahren gleich hin.« Fabinger legte auf.

»Was gibt's Eiliges?«, erkundigte sich Anke Bolko.

»Rat mal.«

»Antje Wolf ist aufgetaucht.«

»Ach, Anke. Der Wunsch war Vater des Gedankens. Das wär's jetzt gewesen, echt. Obwohl ..., vielleicht hast du ja Recht. Allerdings sprach Winkler von einer Toten ...«

»Wo?«, fragte Aalmann.

»Auf Maasbergs Hof.«

Stabermann war ziemlich aufgeregt. Er hatte etwa um halb neun, nach neuen, stabilen Zaunpfosten Ausschau gehalten, die er auf den Weiden gegen ein paar morsche austauschen wollte. Maasberg hatte ihm gesagt, dass die Neuen bei der etwas abgelegenen, alten Scheune ganz am Ende des Hofs zu finden seien.

Da sei er also dann hingegangen und auf der Suche sei er auf die Pfosten gestoßen, aber eben auch auf die Frau, die dort hinter Gebüsch ganz gut versteckt gelegen habe.

»Zuerst habe ich nur ihre Füße gesehen, ich bin dann näher ran und dann sehe ich sie ganz. Auch ihren verpackten Kopf. Da hat's mich dann schon gegraust. Ich bin sofort reingerannt und habe Sie angerufen.«

»Sagen Sie, Herr ...« Aalmann hatte den Namen vergessen.

»Stabermann. Peter Stabermann.«

»Herr Stabermann. Sie sind neu hier?«

»Ja. Ist eigentlich erst mein zweiter richtiger Arbeitstag, heute.«

»Und Maasberg? Ist er nicht da?«

»Nein. Der ist heute früh los, seine Mutter besuchen. Die ist wohl ziemlich krank. Kennen Sie ihn?«

Aalmann überging die Frage.

»Hat er gesagt, wann er zurück sein wollte?«

»Nicht vor heute Abend.«

»Aha.«

»Wohnen Sie auch hier auf dem Hof?«, wollte Fabinger wissen.

»Ja. Aber auch erst seit zwei Tagen. Am Dienstag bin ich eingezogen.«

»Gibt's irgendetwas Bemerkenswertes? Ich meine, auch wenn Sie noch nicht lange hier sind, ist Ihnen was aufgefallen, haben Sie vielleicht in der Nacht zu heute etwas gehört, oder so?«

»Nein, gehört habe ich nichts. Was mir nur komisch vorkommt – ich meine, ich will jetzt hier nichts gegen meinen neuen Chef sagen –, was mir nur komisch vorkommt ist der ›Schützenverein‹, wie er ihn nennt. Also, die machen den ganzen Tag nichts anderes als schießen.«

»Das verstehe ich nicht. Können Sie das etwas näher erläutern?«, wurde Aalmann hellhörig.

»Na, ja. Verstehen tue ich das ja auch nicht. Aber hier kommen halt scheinbar seit längerem so 'n paar Typen her, ich glaub' das sind alles Albaner, die dann unten im Keller Schießübungen veranstalten. Man sieht die nicht und hören tut man 's auch kaum, der Raum ist extra dafür eingerichtet. Der Chef ist ja auch so was wie ein Schützenkönig, hat er jedenfalls in dem Zusammenhang erwähnt.«

»Ach, 'n paar Typen, das ist ja spannend«, interessierte sich auch Fabinger.

Die Spurensicherung sprang um sie herum. Der Krankenwagen fuhr weg, das Beerdigungsinstitut kam stattdessen. So wurde aus der ländlichen Idylle ein eher ungemütlicher Ort.

Sie schlenderten gemeinsam mit Stabermann ein wenig vom Fundort der Leiche weg, als sie erneut Motorengeräusche hörten.

Kurz darauf fuhr ein schwarzer, schon etwas betagterer BMW den Weg zum Hof heran, wendete aber kurz vor dem hier einzig möglichen Ziel und fuhr den Weg wieder zurück.

»Der Briefträger war das aber nicht«, flachste Fabinger.

»Maasberg soll uns sofort anrufen, wenn er wieder eintrifft. Richten Sie ihm das bitte aus«, verabschiedete sich Aalmann.

22

»Kennen Sie Antje Wolf?«

Maasberg bedeutete achselzuckend sein Unwissen als sie ihn am nächsten Tag, Freitagmorgen gegen 9, interviewten.

»Sie ist es, die, aller Wahrscheinlichkeit nach, immerhin zwei bis drei Tage hier auf ihrem Hof lag. Antje Wolf ist, vielmehr war eine grüne Bundespolitikerin, die Opfer einer Entführung wurde und die man trotz Zahlung eines stattlichen Lösegelds nicht hat laufen lassen. Stand in jeder Zeitung. Stattdessen hat man sich ihrer kaltblütig und brutal entledigt«, erläuterte Aalmann.

»Wissen Sie was, Herr Maasberg«, begann Fabinger nach einer kurzen Gesprächspause, »irgendwie wundern wir uns langsam darüber, dass wir bei jedem neuen Fall – und in der letzten Zeit dreht es sich bei uns nur noch um Mord – immer wieder auf Sie stoßen. Das ist doch eigenartig. Finden Sie das nicht auch?«

Maasberg war in der Defensive.

»Es tut mir Leid, ich kann nur sagen, dass ich mit alldem nichts zu tun habe. Eigenartig finde ich das natürlich auch alles. Und ich kann Ihnen sagen, dass es mich zudem beunruhigt. Zumal das ja wohl jetzt alles Bisherige übertrifft, ich meine in Bezug auf mich und Ihren Verdacht. Wenn jemand mir da übel mitspielen will, dann stelle ich mir schon die Frage, warum und vor allem, wer das wohl sein mag. Und was womöglich noch alles auf mich zukommt.«

Aalmann konnte ihn gut verstehen und versuchte das forsche Tempo mit dem Fabinger hier vorgeprescht war, ein Stück zurückzunehmen.

»Wissen Sie, Herr Maasberg, was heißt Verdacht. Wir kommen gezwungenermaßen auf Sie zurück. Nicht zuletzt in der Hoffnung, dass Sie uns vielleicht doch irgendetwas sagen können, was uns weiterbringt. Das mit Hansen ist Ihnen bekannt, oder?«

»Ja, irgendwie tragisch.«

Nach kurzer Pause: »Ich fürchte, Sie sind genauso ratlos wie wir derzeit. Eines müssen Sie uns allerdings erklären. Was hat es mit den Schießübungen in Ihrem Keller auf sich?«

Danach gefragt zu werden, hatte Maasberg offensichtlich nicht erwartet.

»Ich, ähm ... woher, wer hat Ihnen ... na ja«, er holte tief Luft, »das sind Bekannte, denen ich meinen Keller zur Verfügung gestellt habe. Ich bin ja im Schützenverein, und von daher ...«

»Das erklärt nicht viel«, sagte Fabinger. »Wenn es da irgend einen Verstoß gegen das Waffengesetz geben sollte ... Wissen Sie, zum Beispiel, ob Ihre Bekannten auch einen Waffenschein besitzen?«

»Na ja, überprüft habe ich das nicht.«

»Sehen Sie, also ich bitte Sie.«

»Können Sie uns denn die Namen Ihrer Freunde nennen. Ich meine, hier wird Schießen geübt und dort liegt eine Leiche im Gebüsch. Wenn sich da nicht ein Zusammenhang herstellen ließe«, stichelte Fabinger.

»Freunde sind das gar nicht. Ich habe von Bekannten gesprochen. Und ehrlich gesagt kenne ich nur einen von ihnen, Drasko Brevic.«

»Fährt er zufällig einen schon etwas älteren BMW?«

»Er nicht. Aber einer seiner Freunde.«

»Und was für ein Landsmann ist er?«

»Er ist Albaner ...«

»Nicht noch einer.«

»Was? Woher ...? War er hier oder woher kennen Sie sein Auto?«

»Die wollten wohl hierher. Heute Morgen. Vermutlich haben ihnen die Polizeifahrzeuge hier nicht gefallen.«

»Woher kennen Sie diesen Brevic denn überhaupt?«, wollte Aalmann wissen.«

»Ich kenne ihn von früher.«

»Ja, wie, von früher. Waren Sie zusammen im Kindergarten oder was? Maasberg, jetzt reden Sie doch mal, statt sich alles aus der Nase ziehen zu lassen.«

»Wir haben eine Zeit lang zusammen gesessen. Den Teil meiner Vergangenheit kennen Sie ja. Und als sich vergangene Woche Stabermann hier vorstellte, da stellten wir, ich weiß nicht mehr genau wie, aber wir stellten fest, dass wir einen gemeinsamen Bekannten hatten. Eben Drasko. Das gefiel mir natürlich zuerst nicht, weil ich nicht genau im Bilde war, was nun Stabermann von mir wusste. Hätte ja sein können ... wär' mir nicht so angenehm gewesen. Aber weil ich Drasko den damaligen Umständen entsprechend in ganz guter Erinnerung hatte, habe ich ihn angerufen, um mich zu erkundigen. Er wollte sich dann unbedingt mit mir treffen. Na ja, Stabermann kannte ihn nur flüchtig, wusste weder von seiner noch von meiner Geschichte etwas. Ich war beruhigt. Wir haben dann natürlich noch ein wenig geredet ...«

»Und dann?«

»Nach ein paar Tagen rief er an. Er wollte sich erneut mit mir treffen. Mir passte das zeitlich und auch sonst nicht und dann schlug er vor hierher zu kommen. Das sind alles Albaner aus dem Kosovo. Von ihm, also von Drasko weiß ich, dass er in Kürze in seine Heimat zurückgeht. Er hat sich anwerben lassen und will kämpfen.«

»Sie meinen, vermutlich von dieser UCK ... oder?«

»Genau.«

»... von der UCK Angeworbene trainieren ihre Schießkünste auf Ihrem Hof, in Ihrem Keller?!«, konstatierte Fabinger lauter werdend.

»So ist es wohl«, er schaute unter sich als sei er sich einer Schuld bewusst, »ich vermute sogar, dass noch mehr dahintersteckt. Die anderen mussten das Schießen eigentlich nicht mehr üben. Nachdem was ich da gesehen habe, könnte man sie eigentlich auch als Scharfschützen bezeichnen.«

»Sie meinen, die haben mehr vor, als nur zu kämpfen?«

»Könnte sein, dass die an den ganz oben dran wollen.«

»Ja, dann wird ja hier auf Ihrem Grund und Boden ein weiteres Verbrechen vorbereitet. Ist Ihnen das klar?«, stichelte Fabinger erneut.

»Jetzt muss ich Sie aber mal fragen«, Maasberg schien sein Selbstbewusstsein wieder gewonnen zu haben, »übrigens, Ihre ständige Kaugummikauerei kann einen nervös machen. Also, ich muss Sie fragen, ob Sie nicht fernsehen und auch keine Zeitung lesen. Haben Sie nichts von den ganzen Gräueltaten gehört, die dieser Diktator da zu verantworten hat? Um den wär's nun wirklich nicht schade. Im Gegenteil, wenn jemand die Menschheit von diesem Milosevic erlöst, dann hat der eine gute Tat getan. Ich hätte vollstes Verständnis für den Mord an so einem Tyrannen.«

»Okay, Herr Maasberg, ich möchte mich jetzt nicht auf politische Diskussionen einlassen. Das war's für heute.« Aalmann verabschiedete sich. »Wenn Sie für uns erreichbar blieben, wäre das nett. Wo waren Sie eigentlich gestern?«

»Meine Frau pflegt meine schwerkranke Mutter zu Hause. Ich hatte sie lange nicht gesehen und gestern gleich die Chance genutzt, es musste einfach sein. Und Stabermann macht seine Arbeit bislang prima.«

»Hm, ja dann, wünsch ich Ihrer Mutter gute Besserung. Also dann, Wiedersehn.«

Aalmann fielen seine eigenen Eltern ein. Eigentlich war mal wieder eine kleine Visite angesagt. Aber dazu fehlte ihm momentan die Zeit. Er würde sie anrufen müssen.

23

Aalmann war regelrecht übermüdet. Die Nächte zuvor hatte er kaum ein Auge zugetan.

Der Mittwoch war voller ungeahnter Entwicklungen gewesen. Am späten Nachmittag noch, hatten sie einen Anruf der Amsterdamer Kollegen mit einem ersten kurzen Bericht der dortigen Ereignisse erhalten.

Die Gesuchten waren nicht zum gebuchten Flug aufgetaucht, umgebucht hatten sie aber auch nicht. Kurze Zeit später hatte ein Fluggast auf dem Weg zu seinem Wagen im Parkhaus vier verstreut auf dem Boden liegende Personen entdeckt und die Polizei verständigt. Beim Eintreffen der Krankenwagen wurden bei einer noch Lebenszeichen festgestellt, alle anderen waren tot. Offensichtlich sämtlich Opfer eines Schusswechsels, den sie sich untereinander geliefert hatten.

Drei Reisetaschen wurden sichergestellt, in denen sich neben einer noch nicht genau bezifferten, aber in jedem Falle größeren Geldsumme nurmehr Reiseutensilien befunden hatten.

Einer der Gesuchten war unter den Opfern,

der andere wurde schwerverletzt im Krankenhaus behandelt.

Bei den beiden weiteren handelte es sich um zwei ältere Personen, offenbar beide Amerikaner.

Aber das war noch nicht alles gewesen. Via Fax kam dann am frühen Abend die Nachricht aus Amsterdam, dass der Verletzte der Schießerei, ein gewisser Olov Kabakov, vor längerer Zeit illegal nach Deutschland eingereist, im Krankenhaus seinen Verletzungen erlegen sei.

Donnerstagmorgen war es in diesem Tempo weitergegangen. Der Anruf von Stabermann. Die weibliche Leiche, die sich als die Entführte Antje Wolf herausstellte. Die Fahrt zu den Eltern, um ihnen die Todesnachricht zu überbringen – immer wieder eine harte Prüfung. Der Obduktionsbericht und die erläuternden Worte des Arztes, es musste grausam für Antje Wolf gewesen sein. Die Auswertung der Rechner aus Alexander Stabenaus Wohnung: wieder neue Namen, die ins Ausland führten. Dann der Fund von Axel Hansens Konfirmationsbibel durch die Spurensicherung in Stabenaus Jagdhütte, mit unterstrichenen Textstellen, die identisch waren, mit denen der Bekennerschreiben und Anrufe. Und nicht zuletzt die Pressekonferenz am Nachmittag aus aktuellem Anlass.

Dort wandelte sich der öffentliche Druck der Tage seit Antje Wolfs Entführung in öffentlichen Ärger, die Presse machte mobil. Und die Kripo war mal wieder ein Haufen inkompetenter Hobbyschnüffler ohne jegliche Professionalität.

Auf dem Rückweg fuhr Aalmann den Wagen. Er fuhr ohne jede Eile, das Auto glitt langsam dahin. Das Radio hatten sie ausgeschaltet, nicht mal ein Funkspruch kam durch. Auch sprachen sie nichts miteinander, bis sie in der Stadt angekommen waren. In Nähe der Hauptpost hielt Aalmann überraschend an.

»Weißt du, Robert. Ich bin schrecklich müde. Meldest du mich im Büro bitte ab? Wenn was ist, ich bin später zu Hause zu erreichen.« Aalmann stieg aus.

»Aber wo gehst du hin? Soll ich dich nach Hause fahren?«

»Nein, nein. Danke. Ich muss auch noch zum Zahnarzt. Drück mir die Daumen!«

»Dann nimm wenigstens 'n Kaugummi, macht frischen Atem.« Fabinger grinste.

Eineinhalb Jahre war er nicht beim Zahnarzt gewesen. Roberts Besuch neulich hatte ihn daran erinnert, mal wieder einen Kontrolltermin zu machen. Ob das heute ein günstiger Termin war, darüber war er sich nicht im Klaren. Aber es war ihm jetzt auch egal.

Im Wartezimmer versuchte er seiner Angst durch die Lektüre einer Einführung in die Homöopathie in einer naturärztlichen Zeitschrift zu entgehen. Aber es gelang ihm nicht.

Erst als er im Behandlungsstuhl lag wurde er zusehends ruhiger. Er würde sich eine Spritze geben lassen, denn zu tun würde es sicher was geben. So war's, zwei Zähne erhielten neue Füllungen. Am schlimmsten war allerdings immer das Entfernen des Zahnsteins, und dass der weg musste, davon hatte er sich bereits unlängst im eigenen Badezimmerspiegel überzeugt. Das hohe, schrille Geräusch des Bohrers, der mit schöner Regelmäßigkeit immer ins Zahnfleisch schnitt, verstärkte diesen Schmerz noch. Der Geschmack des Blutes und das anschließende raue Gefühl, wenn er mit der Zunge die Zähne entlang fuhr. Scheußlich. Danach musste er sich mit einem Kaffeehausbesuch belohnen.

Trotz noch tauber Backe lief er in Richtung Innenstadt. Am Marktplatz, der für ihn zu den schönsten Plätzen Bremens, wenn nicht gar Europas, zählte, setzte er sich in die Raths-Konditorei und bestellte sich ein Latte Macchiato, ein Getränk welches er immer öfter genoß und in Italien kennen und lieben gelernt hatte. Inzwischen war es auch hier zum Standardgetränk geworden und fast in jedem Café zu haben.

Er betrachtete durchs Fenster versonnen das

Ensemble historischer Bauten und die Pflastersteine des Marktplatzes, die ein großes Hanseatenkreuz bilden und entspannte sich zusehends.

Warum machte er das nicht einfach öfter? Auch mal mit Julietta zusammen? Das musste doch einfach drin sein – trotz des Jobs.

Danach ging er zur Domsheide und fuhr von dort mit dem Bus nach Hause. Schon auf der Fahrt döste er trotz bereits ein wenig nachlassender Betäubung und einem merkwürdigen Gefühl im Mund nur noch vor sich hin.

Zuhause traf er niemanden an. Er ging ins Bad, wusch sich flüchtig, zog sich aus, verdunkelte das Zimmer und legte sich umgehend ins Bett, wo er sofort einschlief.

Es ist morgens, ziemlich früh, kurz nach sechs. Er ist vier Jahre alt. Er sieht aus seinem Kellerloch wie ihre Nachbarn die Straße entlang kommen und zielstrebig zu einer der ruinierten Bänke am Rande des gegenüberliegenden Parks des alten Polizeipräsidiums gehen.

Die ganze Familie, die Mutter zuerst, gefolgt vom Vater und den beiden Kindern. Der Vater nimmt auf der ersten Bank platz, er trägt ein goldenes Abzeichen am Revers des Mantels. Die Kinder setzen sich auf die Bank daneben. Er hört, wie der Vater, die Mutter bittet, sich doch auch zu setzen. Die Mutter kehrt zur Bank zurück und setzt sich ebenfalls hin.

Ganz plötzlich steht der Vater auf, zieht eine Pistole aus der Manteltasche und erschießt die Mutter, dann den Sohn.

Er sieht aber begreift nicht, was dort geschieht. Er hört das Mädchen weinen und schreien. Dann erschießt der Vater auch sie. Er beobachtet wie der Vater kurz zur Seite tritt, als wolle er eine Arbeit begutachten. Dann hält er sich die Pistole an die Schläfe und erschießt sich selbst.

Aalmann wurde von einem dumpfen Geräusch in der Wohnung geweckt, er hatte krudes Zeug geträumt und war schweißgebadet. Er musste sich erst orientieren. Er schaute auf seinen Wecker, kurz vor halb elf. Die Nacht begann erst. Stimmt, er hatte sich sehr früh hingelegt.

Er stand auf, um nachzusehen, und traf in der Küche auf Julietta, der eine Saftflasche auf den Boden gefallen war. Zum Glück war sie heil geblieben.

»Ach, du bist's«, sagte er nur und schlich in Richtung Toilette.

Julietta hörte die Spülung und Bernard kam durch den Flur wieder zurück in die Küche.

»Bernard, was ist los mit dir? Du siehst ja verdammt mitgenommen aus.«

»So fühl ich mich auch. Irgendwie ist das scheinbar zuviel für mich gewesen in der letzten Zeit. Ich werde ja auch nicht jünger. Die letzten Nächte habe ich kaum geschlafen und da dachte ich heute, ich leg mich mal früh hin. Ich hätte auch gar nicht anders gekonnt. War auch noch beim Zahnarzt, heute Nachmittag, zwei neue Füllungen, da wo noch Amalgam drin war. Habe zwar anschließend noch gemütlich am Markt im Café gesessen, einen Espresso getrunken und mich von der Tortur zu erholen versucht, aber jetzt eben im Bett habe ich nur wildes und verworrenes Zeug geträumt ... Haben wir noch was zu trinken? 'n Schluck Wein, vielleicht?«

Er setzte sich an den Esstisch. Der Traum war immer noch eigenartig präsent. Meist konnte er sich nach dem Aufwachen an seine Träume überhaupt nicht mehr erinnern.

Julietta kam mit einer Flasche.

»Tut mir Leid. Wein ist leider nicht. Aber der Prosecco hier ist schön kühl, der wird dich erfrischen.«

»Wo sind die Kinder eigentlich?«

»Schlafen schon. Wir sahen die heruntergelassenen Rollladen von draußen. Da sind wir ganz leise gewesen, um dich nicht zu wecken. Blöd, das mit der Flasche eben.«

»Ist nicht so tragisch. Hast du den Kindern vorgelesen heute Abend?«

»Ja, aber erst nach den Nachrichten. Da sind die Kinder ja zurzeit wie wild drauf, Xenia vor allem. Also, was den Krieg im Kosovo anbelangt in erster Linie, aber auch sonst. Wieso?«

»Na, ja. Eigentlich wollte ich beim ›Schatz der Bananenbieger‹ am Ball bleiben, fand ich selber interessant.«

»Kannst du übers Wochenende, wenn du da bist. Ich habe ’ne andere kurze Geschichte vorgelesen. Für mehr waren die heute zu müde, ähnlich wie du.

Und weil die Nachrichten die Kinder doch ziemlich aufwühlen, ist es dann trotz der Müdigkeit mit dem Einschlafen so eine Sache. Kannst du es nicht Samstag/Sonntag etwas ruhiger angehen lassen? Wie kommt ihr überhaupt voran?«

»Erinnere mich nicht daran. Das ist der heftigste Januar seit Jahren. Der einzige Vorteil, wenn es denn einer ist, ist, dass sich die Verdächtigen, bevor man sie erwischt, schon selbst erledigt haben.«

»Ich bitte dich.«

»Doch echt. Von daher fürchte ich, wird es mit einem geruhsamen Wochenende nicht unbedingt etwas. Mal sehen. Lass uns über was anderes reden. Was gibt’s Neues in Jugoslawien? Hab’ schon seit Tagen kaum noch Nachrichten mitbekommen.«

»Erfreulicher ist das aber auch nicht. Die Angriffe dort werden immer härter. Was wohl auch so beabsichtigt ist. Und politisch kommt ein bisschen was in Bewegung. Aber wie’s da wirklich ausschaut, scheint keiner so genau zu wissen. Verlässliche Bilder gibt’s ja nicht so sonderlich viele, oft sind die nur aus dem serbischen Fernsehen. Man hat allerdings den Eindruck, dass die NATO das Land dort in die Steinzeit zurückbombt. Und übrigens, so neugierig die Kinder sind – Nina interessiert es noch nicht so sehr, sie will der großen Schwester nur nicht nachstehen –, es beschäftigt sie doch auch stark, und bereits während und noch nach der Sendung gilt es dann jede Menge Fragen zu beantworten ... Was ganz interessant ist, sind zwei Beiträge im ›Spiegel‹ von letzter Woche. Und zwar gibt's dort seit zwei, drei Ausgaben schon, ein Tagebuch einer Korrespondentin, die sich nach wie vor in Belgrad aufhält; merkwürdigerweise, ich dachte eigentlich, die hätten sämtliche westliche Journalisten des Landes verwiesen. Die ist scheinbar sogar mit dem Rugova befreundet, dem Führer der Kosovo-Albaner, zumindest hat sie sich in dessen Haus zeitweilig versteckt, und da auch mitbekommen, was die Serben im Hinblick auf dessen Person und Familie unter ›Polizeischutz‹ verstehen. Also die positive Konnotation, die du dabei sicher hast, kann man dort völlig vergessen: der Gute muss jetzt halt tun, was man ihm sagt. Von daher auch die eigenartigen Bilder dieses natürlich gezwungenermaßen stattgefundenen Treffens zwischen ihm und Milosevic neulich. Und im aktuellen Heft gibt's ein weiteres Tagebuch, diesmal das einer noch recht jungen serbischen Theaterautorin, ich glaube so achtundzwanzig Jahre ist die alt, das sie vom ersten Tag des Krieges an in Belgrad geführt hat. Da bekommt man einen anderen Einblick in die Geschehnisse und eine andere Sicht präsentiert, ich glaube, das ist wesentlich authentischer als die falschen oder fehlenden Bilder im Fernsehen.«

»Dieses Gezänk innerhalb der Parteien, vor allem bei den Grünen, das habe ich im Autoradio mitbekommen«, sagte Bernard. »Es gibt ja wohl nicht wenige, die unter anderem Joschka Fischer als Renegaten bezeichnen. Also den Job, den der im Augenblick zu erledigen hat, da möchte ich nicht mit ihm tauschen. Vorgestellt haben wird er sich den so auch nicht. Aber eine klare Linie krieg' ich da auch nicht rein. Fischer eben, der sagt ja, und das finde ich irgendwie auch, dass er nicht nur ›Nie wieder Krieg‹ gelernt hat, sondern auch ›Nie wieder Auschwitz‹. Ist vielleicht ein bisschen dick aufgetragen, aber da so einfach zuzuschauen, wie der da ethnisch säubert ...«

»... wie es so furchtbar heißt.«

»Ja, ja. Ich meine, so langsam müsste sich in der Tat auf der politischen Ebene mal was Durchschlagendes tun, dass man sieht, wie's weitergeht. Der Fortschritt fehlt einfach.«

»Und in deinem Job fehlt er dir auch?«

»Hm.« Aalmann wurde wieder einsilbig.

»Was mir allerdings immer bewusster wird, ist die Ohnmacht der Bürger«, wich Bernard aus.

»Dort wie auch hier. Da sind sie gnadenlos Opfer und hier wird klug diskutiert, auch protestiert in geringem Umfang.

Ich habe den Eindruck, als sei das der ganzen Bevölkerung auch bewusst geworden. Vielleicht erklärt sich von daher die Lethargie, die ja vielfach konstatiert und von klugen Köpfen auch bemängelt wird.«

»Mag sein. Ist noch 'n Schluck Prosecco in der Flasche? Danach, glaube ich, haue ich mich wieder aufs Ohr.«

»Hey, da fällt mir ein: Wolltest du nicht eigentlich Fasten? Alkoholfasten, meine ich? Außerdem, dein politisches Interesse erlahmt aber heute verdammt schnell!«

»Na ja. Ich bin halt erledigt.« Er zuckte mit den Schultern. »Vielleicht höre ich noch ein bisschen Musik.«

Seinen neuen Verstärker, den er sich vor kurzem kaufen musste, nachdem sein uralter Sony den Geist aufgegeben hatte, hatte er noch nicht allzu häufig genutzt. Das war eine gute Idee. Er entschied sich für »Beyond the Missouri Sky«, dieser Titel und die Gestaltung des Covers sprachen bereits ihre eigene Sprache. Vielleicht würde das beruhigend wirken. Charlie Haden und Pat Metheny.

Aalmann hatte danach trotzdem Probleme wieder einzuschlafen. Zu allem Unglück fiel ihm dann auch sein Traum von vorhin wieder ein. Irgendwie kannte er dieses Motiv. Er meinte es als Foto schon einmal gesehen zu haben, bloß wo? Über diesem Gedanken schlief er dann doch ein.

24

Sowohl Samstag als auch Sonntag hatte man Aalmann in Ruhe gelassen. Am Sonntagmorgen wartete er zwar noch aufs Klingeln des Telefons, entspannte sich gegen Mittag dann aber spürbar und dachte nicht mehr daran.

Er hatte länger als üblich im Bett gelegen, die Mädchen waren schon lange auf. Dann hatten sie in aller Ruhe opulent gefrühstückt. Sogar die allsonntägliche »Sendung mit der Maus« hatte er gemeinsam mit den Kindern anschauen können. Im anschließenden Presseclub ging es wieder um den Krieg in Jugoslawien, aber auch hier bei den Fachleuten war eine gewisse Ratlosigkeit zu verspüren.

Am frühen Nachmittag war seine nervöse Erwartungshaltung im Blick aufs Telefon endgültig einem wirklichen Wochenendgefühl gewichen, wie er es zuletzt zu Beginn des Jahres gehabt hatte, so dass er es dann sogar gewagt hatte, mit allen aber ohne sein Handy, nach Worpswede aufzubrechen, um in der Gegend dort ein bisschen mit den Rädern zu fahren. Für Januar ein eher ungewöhnliches Vorhaben, aber die Kinder hatten es so gewollt. Das Wetter war ihnen wohlgesonnen, es war zwar recht kalt aber wenigstens trocken. Und er war unerreichbar gewesen. Ein gutes Gefühl. Fast kam es ihm wie ein Urlaubstag vor.

Am Abend dann hatten Julietta und er sich ihren allwöchendlichen Fernsehabend gegönnt, der immer aus der Triade von ›Tatort‹, ›Christiansen‹ und irgendeiner Kultursendung bestand, die sämtlich auf dem Ersten liefen. Er war vermutlich einer der wenigen Polizisten die sich Krimis anschauten, aber das kam alles hintereinander weg und ohne Werbung, überaus angenehm, obwohl ihm die immer schwarz sehende Christiansen doch zunehmend auf die Nerven ging; und dabei die immergleiche Politprominenz mit ihren Sprechblasen. An die 60.000 Mark bekam die pro Sendung. Dafür könnten sie sie doch auch zu einer späteren Uhrzeit bringen und die Kultur vorverlegen. Aber gut, für das Honorar mußte sie auch Quote liefern.

So kam er am Montagmorgen einigermaßen ausgeruht und in recht guter Laune ins Büro. Im Hausflur bereits traf er auf den Computerspezi und kündigte ihm seinen Besuch noch für den Vormittag an.

Auf seinem Schreibtisch fand er ein Dossier der Pressestelle mit Artikeln und Kommentaren zum Fall Antje Wolf im Speziellen und im Allgemeinen zur Mordserie, die sie im vergangenen Jahr und den ersten Wochen dieses Jahres beschäftigt hatte und noch immer auf Trab hielt.

Es gab schon hier und da einige versteckte Finten und auch offene Kritik an ihrer Arbeit. Daran war nun nichts mehr zu ändern.

Aber die Bandbreite der Fälle zwischen religiösen Motiven, serbischem Hass oder eigenem Vorteil wurden auch als recht kompliziert eingeschätzt.

Ein Artikel versuchte das Geschehen nahezu auf eine philosophische Ebene zu heben, indem er die Morde als Mittel zum Zweck ansah, gleich welche Interessen – so minderwertig und eigennützig sie auch sein mochten – es durchzusetzen galt. Dieser Gedanke war Aalmann nicht neu. In diesen Fällen wertete der Artikel die Interessen sämtlich als eigennützig – »nur der eigene Vorteil zählt« – und stellte aktuelle politische und soziologische Bezüge her.

Die Leistungen der Polizei spielten in diesem Artikel keine Rolle, was aber nicht der Grund war, weswegen Aalmann ihn sich auf Seite legte, während er die anderen dem Altpapier zuführte. Das Ergebnis dieser Perspektive war zwar fatal, für ihn in der Rolle des Verbrechensbekämpfers aber doch in gewisser Weise sinnspendend.

Kollege Computerspezi saß wieder zwischen seinen Rechnern, als Aalmann sein Büro betrat, und zündete sich gerade eine Zigarette an. Die Luft erschien

Aalmann noch übler als beim letzten Mal, sodass er zielstrebig zum Fenster ging, es öffnete und sich selbst eine ansteckte.

»Sie gestatten?«

»Ja ja, natürlich. Aber manchmal glaubt man wirklich, ausschließlich von Frischluftfanatikern umgeben zu sein.«

»Du hast dich doch neulich auf dieser Website umgeschaut, 'n paar Sachen hast du uns ja gezeigt. Ich würde mir das gerne noch mal in Ruhe anschauen. Das ist doch sicher möglich, oder?«

»Im Prinzip schon. Wann soll's denn sein, jetzt etwa?«

»Nichts dagegen.«

»Es ist nur, ich müsste da eigentlich ... Ach, is' egal, kann ich auch später erledigen. Okay, hier an diesem Rechner kannst du arbeiten.« Er räumte rund um den Bildschirm herum eine Menge Papier und Disketten weg.

»Zum Bericht deiner Auswertung dieser beiden beschlagnahmten Rechner könntest du mir noch 'n paar Fragen beantworten?«

»Klar.«

»Also auf den Festplatten war in Bezug auf diese Website nur unwesentlich anderes gespeichert als auf den Disketten, die wir ja vorher schon hatten. Das ist richtig?«

»Ja. Alles krudes Zeug. Wie auf der Website auch: meistens rechts, mal religiös und dann noch rassistisch. Eine ziemlich wilde Mischung. Das davon jemand wirklich überzeugt sein kann, ist nur schwer zu glauben. 'n paar E-Mails waren noch gespeichert, unter anderem an einen Taylor, die kennste, oder?«

»Nein, woher sollte ich?«

»Sie hätten eigentlich in Kopie beim Bericht dabei sein sollen. Egal. Es ging irgendwie darum, dass der Stabenau den Hansen vermisste, nicht wusste wo er war, und dass er sich jetzt der Sache annehmen würde.«

»Welcher Sache?«

»Wurde nicht erwähnt. Dann war das Programm drauf, mit dem sie die Internet-Seiten gestaltet haben sowie ein FTP-Programm, mit dem man Dateien der Website auf den jeweiligen Server spielen kann. Also, das ist der Rechner, von dem man im Internet dann die Seiten abruft. Wenn du dich also gleich ins Netz einwählst, gibst du die Adresse ein und erhältst so eine Verbindung zu dem Rechner, der das dann alles für dich bereithält. Is' klar, oder?«

»Ja, ich hab's schon verstanden. Wir könnten also jetzt dort ganz einfach die Inhalte ändern.«

»Theoretisch ja. Es könnte allerdings sein, dass jemand zwischenzeitlich den Zugang für diesen Rechner gesperrt hat, zum Beispiel weil er sich vielleicht nicht mehr sicher ist, dass er sich noch in den richtigen Händen befindet. Ich habe seinerzeit auch mal mit der Sonderkommission in München telefoniert, die sich mehr oder weniger ausschließlich mit der Kriminalität im Internet beschäftigt. Denen war die Neon-Website nicht unbekannt. Sie nannten mir irgendwelche ›Fighters‹ in den USA als Betreiber, genauer in …«

»… Minnesota.«

»Jawohl, in Minnesota. Du weißt ja mehr, als ich dachte. Der Provider dieses Servers befindet sich allerdings nicht in den USA, sondern im schweizerischen Aarau. Habe ich ehrlicherweise nicht selber rausgekriegt, sondern von den Münchnern erfahren.«

»Du sollst dein Licht nicht unter den Scheffel stellen!«, lobte Aalmann. »Aber interessanter für mich wären eigentlich die Personen, die hinter dem Ganzen stehen und nicht der Standort irgendwelcher Maschinen, von denen aus man den Unsinn in die Kabel speist.«

»Tja. Da musst du dann doch selber noch mal ran. Die Nummer von der SOKO gebe ich dir gern, die sind da wirklich kompetent.«

Aalmann setzte sich hinter den Bildschirm. Der Kollege tippte ein bisschen auf der Tastatur herum und schon erschien die Website der ›God's Fighters‹.

Mit einer Anti-Homosexuellen-Kampagne ging's los: »FAGS DIE. GOD LAUGHS.« stand dort. Und Psalm 2, Vers 4 musste als Begründung herhalten. Außerdem wurde Gott als ein Mann des Krieges dargestellt, der nicht verzeiht, sondern hasst und straft. Die weiße Rasse sei die von Gott auserwählte, Schwarze seien »Untermenschen« und Juden wurden als Abkömmlinge des Teufels hingestellt. Der Staat sei gottlos und anonym, aber diese Gotteskrieger sahen sich als das Werkzeug Gottes auf Erden. Dazu auserkoren und bereit, in seinem Namen Krieg zu führen, eben gegen Schwule, Abtreibungsbefürworter, Juden und den Staat.

Soviel fundamentalistischen Unfug auf einem Haufen konnte Aalmann nicht verkraften.

»Das ist ja furchtbar, der reine Wahnsinn«, sagte er, »ein Bündnis rabiater Fundis.« So schlimm hatte er es sich nicht vorgestellt. Der Tatbestand des Aufrufs zum Mord war hier allemal erfüllt.

»Wahnsinn ist dafür eher eine milde Formulierung«, pflichtete der Kollege ihm bei.

»Haben dir die Münchner sonst noch etwas über diese ›Fighters‹ erzählt. Ich meine, läuft da bereits irgendetwas gegen die? Sonst wäre ja spätestens jetzt die Chance, damit mal zu beginnen. Wer weiß, wie tief dieser Verein auch in unseren Fällen drin steckt.

In jedem Fall hätte der Mord an Antje Wolf ein beauftragter sein können, die anderen vielleicht auch. Aber zumindest sind alle durch diesen Hintergrund hier motiviert.«

»Also ich geb dir mal die Telefonnummer. Wo hab ich sie denn? Der, mit dem ich gesprochen habe, heißt ... heißt ... Hier ist der Zettel: Frohnde. War wirklich zuvorkommend und auch interessiert an unserer Geschichte hier. Ruf doch mal an.«

Auf dem Rückweg in sein Büro ging er bei Anke Bolko vorbei. Als er eintrat stand sie die Arme vor der Brust verschränkt mit dem Rücken zur Tür am Fenster und schaute hinaus.

»Hallo. Wie geht's?«

Sie war in Gedanken versunken gewesen, als er eintrat. Das merkte er ihr an. Sie drehte sich langsam zu ihm um und steckte beide Hände in ihre Hosentaschen. Er hatte den Eindruck, dass etwas nicht stimmte.

»Geht so«, antwortete sie.

»Probleme?«

»Könnte man so sagen, ja.«

»Was ist es? Kann ich dir irgendwie helfen?«

»Glaube nicht. Hab halt Probleme mit Söhnchen. Der wird so langsam aber sicher flügge und, na ja, in der letzten Zeit stellt er ziemlichen Unsinn an, von den Problemen in der Schule, die er natürlich auch hat, ganz zu schweigen. Also: Sohn einer Polizistin wird mehrfach beim Klauen erwischt – das ist mein aktuelles Problem.«

»Hm. Verstehe.«

»Und als berufstätige Mutter kriegst du ja immer schnell ein schlechtes Gewissen gemacht, wenn du's nicht sowieso schon selbst hast, in meinem Fall besorgt das zum Beispiel meine Mutter. Von seinem Vater hat Söhnchen ja nun nicht viel, schickt halt sein Geld, was aber für uns beide nicht reicht. Aber das kapiert meine Mutter nicht. Warum musst du auch arbeiten gehen, der Junge braucht dich halt und so weiter. Und ich tu schon mein Bestes.«

»Das glaub ich dir ohne weiteres. Anders kenne ich dich gar nicht.«

»Ist das jetzt ein Lob des Chefs?«

»Warum nicht, ja. Aber vielleicht siehst du es zu eng. Ich meine, als Kinder haben wir doch alle mal lange Finger gemacht. Ich erinnere mich noch sehr gut daran. In der Bäckerei immer mal Süßkram mitgehen lassen, Kaugummi und so Zeugs. Immer so das Modell, 'n bisschen was so mitnehmen und 'n kleinen Teil auch bezahlen. Bis mich damals dann die Verkäuferin beobachtet hat und an der Kasse durfte ich dann auspacken. Ich hatte ja Geld dabei und hab dann so getan, als hätte ich's vergessen vorzulegen und wollte es dann bezahlen. Das hat sie aber nicht mitgemacht, sie sagte, sie hätte mich schon öfter beobachtet. Konnte durchaus sein, dass sie in jahrzehntelanger Verkäufer- und damit Kinderkenntnis öfter mal ein Auge zugedrückt hat. Das was ich meine, dass es sich möglicherweise um eine Entwicklungsphase handelt, in der so etwas vorkommen kann und in beschränktem Umfang dann doch eher unbedenklich ist. Heute kriegst du natürlich gleich den Kaufhausdetektiv vor die Nase gesetzt und der ist abgebrüht und gar nicht zimperlich. Tante Emma war da besser drauf. Mir war das damals verdammt peinlich, ich hatte irgendwie auch Schiss. Kleiner Ort halt, in dem wir wohnten. Und ich wusste, die kennt meine Mutter, zumindest entfernt. Das drohte sie mir dann auch an, mit meiner Mutter zu reden. Und die hat mir dann zu Hause ein ziemliches Theater gemacht, noch dazu so auf enttäuscht – dass du so was machst, nein, nein, nein. Ich musste mich dann so richtig mit Handschlag bei der Verkäuferin entschuldigen. Der Versuch, meine Mutter von dieser Idee abzubringen, gelang mir nicht. Das fand ich am Schlimmsten daran, aber ich habe es überlebt. Und was ist aus mir geworden: ein hin und wieder auch mal erfolgreicher Kriminalkommissar.« Er musste lachen. »Mein Selbstbewusstsein beinhaltet ein gehöriges Maß Selbstironie, das ist dir, hoffe ich klar, ganz besonders im Hinblick auf unsere ach so erfolgreiche Arbeit der letzten Zeit.«

Sie lächelte. »Das kommt noch dazu, hier geht's auch nicht so recht voran. Na ja ...«

»Lange Rede, kurzer Sinn: Rede mal mit deinem Knaben, in 'ner ruhigen Minute, mach ihm die Folgen klar, stock sein Taschengeld auf und lass ihn Selbstverantwortung tragen. Muss dann halt auch selbst mal was ausbaden. Vielleicht ist das ein funktionierender Lernprozess. Wie alt ist er denn jetzt überhaupt?«

»Elf, wird zwölf im Sommer.«

»Ich war zehn damals. Also, eine meiner Besten, lass den Kopf nicht hängen!«

Was konnte er mehr tun, fragte er sich. Was, wenn das Ganze bei dem Jungen doch schon ein kritisches Stadium erreicht hatte? Waren es nicht eigentlich Floskeln, die er ihr gesagt hatte? Aber er hatte sie gut gemeint.

25

In seinem Büro wartete Fabinger auf ihn.

»Da bist du ja endlich. Ich sitze schon 'ne ganz schöne Zeit hier drin.«

»Hast du nichts zu tun? Wo sind eigentlich die anderen alle? Fabroni, Sanders, Hohler – alle ausgeflogen?«

»Die sind mit irgendwelchem Kleinkram beschäftigt. Fabroni und Sanders kümmern sich um einen Einbruch in eine Lagerhalle. Wo Hohler steckt, keine Ahnung.«

»Na, ist ja auch egal. Obwohl, wie die Lösung unserer Fälle sich diesmal scheinbar selbst erledigt, ebenso wie es die Verdächtigen offenbar tun, das ist für mich auch neu. Plötzlich sind alle mit etwas anderem beschäftigt. Ein sehr eigenartiges Gefühl, eines, das einen sich diesmal schon recht überflüssig vorkommen lässt.«

Sie saßen sich eine Weile gegenüber. Aalmann schaute aus dem Fenster auf die in der Ferne gut zu erkennende alte Mühle. Sein Blick spannte sich, was man an seinem Stirnrunzeln sah, als wollte er sich im Weitblick üben. Ein paar Tauben hockten auf den Dachrinnen. Fabinger schaute sich derweil seine Fingernägel an und schob hier und da die Haut am Nagelbett zurück.

»Was machen wir jetzt?«, fragte Aalmann schließlich.

»Gute Frage«, sinnierte Fabinger.

»Findest du?«

»Ja.«

»Weshalb?«

»Einfach so.«

»Aha.«

»Ich meine, du hast Recht.«

»Wieso?«

»Die Frage stellt sich in der Tat.«

»Warum?«

»Hey, jetzt nervst du aber. Wieso, warum ... ist die Banane krumm?« Sie lachten beide.

Aalmann fragte sich, woher plötzlich dieses unbeschwerte Gefühl kam. Er ging wieder zum Fenster und schaute unten auf die Straße. Ein gelber Postwagen fuhr vorbei. Eine gute Nachricht wäre nicht schlecht.

»Also, um auf deine Ausgangsfrage zurückzukommen. Wir kümmern uns jetzt um die einzige interessante Person, die uns noch geblieben ist. Nämlich um diesen Taylor.«

»Ach, der ist weit weg. Willst du deine Nachforschungen etwa in Amerika fortsetzen. Da wird dir Freund Bezirkskommissar aber einen Strich durch die Rechnung machen.«

»Was weißt du, wo der Typ steckt. Immerhin war er ja auch schon mal hier, hat sich mit Hansen und Konsorten getroffen. Welche Qualitäten er in denen auch immer erkannt haben mag, er hat mit ihnen doch zusammenarbeiten wollen.«

»Ich würde eher sagen, der brauchte ein paar, die so dämlich waren, sich vor seinen Karren spannen zu lassen und seine Drecksarbeiten zu erledigen, damit er 'ne weiße Weste behält.«

»Aha, spannend. Da sind wir doch schon wieder mittendrin. Also ich bin eben 'n bisschen gesurft ...«

»Surfin' in the USA ...« Fabinger traf den Ton nicht.

»... im Netz, Mensch. Und sprich mich nicht auf Urlaub an. Fernweh kann ich momentan nicht gebrauchen. Wenn mich das überfällt ...«

»... ein Fisch im Netz. Mal wieder angeln gehen?«

»Sagte ich nicht, du solltest nicht vom Urlaub reden?!«

»Ich meine natürlich einen Fisch im Netz der Polizei, einen einzigen kleinen Fisch im großen Netz ...«, redete Fabinger sich schmunzelnd heraus.

»Diese Website von diesen ›Fighters‹ im Internet habe ich mir unten auf dem Computer angesehen. Solltest du dir auch mal zeigen lassen, das sind ganz üble Geschichten, die die da ungestraft in die

Welt setzen. Und dieser Taylor hängt da sicher dicke drin, das ist eher ein großer Fisch. Der Kollege hat mit den Münchner Kollegen telefoniert, die haben dort eine Sonderkommission, die sich ausschließlich mit Computerkriminalität und vor allem mit Kriminalität im Internet beschäftigt. Er hat mir eine Nummer gegeben, die ich mal anrufen soll. Und genau das werde ich jetzt tun.«

Aalmann setzte sich an seinen Schreibtisch und griff zum Telefonhörer.

»Null, acht, neun ...« Er hörte lange nichts, dann rauschte es merkwürdig, er wählte den Rest der Nummer. Dann hörte er es in der Leitung klackern, dann wieder lange Zeit nichts und dann: ›Kein Anschluss unter dieser Nummer.‹ »Das sind also die Qualitäten der moderne Telekommunikationsanschlüsse: nichts geht.« Er versuchte es erneut. Dann kam er durch.

»Frohnde«, meldete er sich, »Kripo München«.

»Ja, hier spricht Kriminalkommissar Aalmann, Bremen. Sie hatten unlängst mit meinem Kollegen Computerspezi, äh ... mit meinem Kollegen ...«

Fabinger musste lachen. »Bäcker«, sprang er ihm bei.

»... mein Kollege Bäcker hat vor kurzem mit Ihnen telefoniert, wegen einer speziellen Internet-Seite, Neon...dings, Sie erinnern sich ...«

Aalmann wurde unterbrochen.

»Nein, ich erinnere mich nicht«, sagte es am anderen Ende der Leitung. »Außerdem kann ich Ihnen telefonisch sowieso keine Auskünfte geben. Da könnte ja jeder hier anrufen und sich als Kriminaloberrat oder sonst wen ausgeben.«

»Ja, aber ...«

»Geben Sie mir bitte Ihre Nummer und noch mal Ihren Namen, ich lasse Ihre Befugnis überprüfen. Danach können wir möglicherweise weiterreden. Ihre Frage sollten Sie mir allerdings jetzt schon stellen.«

Nachdem Aalmann seine Durchwahl und seinen Namen nochmals genannt hatte, sagte er: »Wir ermitteln hier in mehreren zusammenhängenden Mordfällen und vermuten, dass einer der Drahtzieher in enger Verbindung mit der Organisation steht, die diese Seite als Podium nutzt. Uns interessiert, ob von Ihnen aus diesbezüglich bereits ermittelt wird und das eine oder andere Detail von uns wird für Sie vielleicht auch von Interesse sein.«

»Wie eilig ist das Ganze?«

Aalmann stockte und kratzte sich nervös am Kopf.

»Ich meine, ein oder zwei Tage wird's schon dauern.«

»Also, es ist schon recht eilig«, drängelte Aalmann. Seine Redepause hatte er als Schwäche erkannt. »Wenn's schneller ginge, wäre das hervorragend.«

»Okay, ich will sehen, was ich tun kann. Auf Wiederhören.«

Zu Fabinger: »Also, der hat sicher ’n Stock verschluckt. Kann ich mir so richtig vorstellen, wie der voller Selbstbewusstsein strotzend, da herum hockt, nur weil er was von Computern und so ’nem Zeugs versteht.«

»Wollen wir was essen gehen? Bist du hungrig?«

»Ja, schon. Lass uns Anke mitnehmen.«

Fürsorgend zu sein, war eine Eigenschaft, die Aalmann an sich selbst erst vor kurzer Zeit kennen gelernt hatte und nun zunehmend zu kultivieren versuchte.

Die Temperaturen waren rapide gefallen und kalter Wind schob Wolken vor die Sonne. Eigentlich war Schneefall vorausgesagt, aber noch war es trocken.

26

Taylor war überaus beunruhigt gewesen, nachdem er weder von Walters und Cramer, wie eigentlich vereinbart, noch am Abend des Treffens auf dem Amsterdamer Flughafen, angerufen worden war, noch von Stabenau und Kabakov etwas gehört hatte, was durchaus auch im Rahmen der Möglichkeiten gewesen wäre.

Er war sich ziemlich sicher, dass etwas schief gelaufen sein musste, zumal Walters sich auch auf seinem Handy nicht erreichen ließ.

Und wenn dabei richtig was falsch gelaufen war, konnte es auch für ihn gefährlich werden. Es war keine Aktion, die im Auftrag und Namen der ›God's Fighters‹ abzuwickeln gewesen war. Sie stand zwar nicht entgegen ihren Zielen, lief aber doch auf seine eigene Rechnung. Und auf solche Angelegenheiten reagierte man im Vorstand mit höchst unangenehmen Konsequenzen, das hatte er bereits einmal mitbekommen. Umso mehr Vorsicht war geboten, zumal sie ihn seit kurzem wegen einiger Differenzen genauer zu beobachten schienen.

Wenn sein Plan nicht aufging, war er geliefert.

Das hatte er vorher gewusst, sich aber in guter Hoffnung nicht so bewusst gemacht. Er fühlte sich zunehmend unwohl.

Es wäre ja auch zu schön gewesen, mit einem bisschen Geld im Rücken, diesem Irrenhaus der ›Fighters‹ – als irregeleitet sah er sie mittlerweile – zu entfliehen, um sich endlich an einem schönen Fleckchen Erde mit neuer Identität ein schönes und sorgenfreies Leben zu machen.

Walters hatte er im Glauben gelassen, es sei alles von ganz oben abgesegnet. Aber selbst wenn er Lunte gerochen hätte, er würde auch keine Gefahr darstellen. Von ihm wusste er, dass er der ›Fighters‹ mindestens so überdrüssig war wie er selbst. Nur in Ermangelung einer anderen lukrativen Tätigkeit hielt es ihn dabei.

Wenn man hinter die Lebenskulissen der einzelnen Vorstandsmitglieder schauen könnte, da war er sich auch sicher, würden sich Abgründe auftun. Sofort. Abgesehen von den Oberen lebten alle ihr vordergründig mittelständisches Leben, nach außen hin erfolgreich und wohlgeordnet. Dahinter versuchten sie mit kriminellen Mitteln alles, um Geld zu machen und trotzdem dabei eine weiße Weste zu behalten.

Ein geringer Prozentsatz, zumindest des Vorstands, stand vielleicht zur Gänze hinter den Überzeugungen und den Zielen der ›Fighters‹. Dem überwiegenden Rest ging es nur ums Geld, und dafür waren sie bereit mit Klauen und Zähnen zu kämpfen.

Obwohl Mitglied des Vorstands war Taylor selbst eigentlich von Anbeginn recht isoliert gewesen, seine Meinungen und Vorschläge zählten nicht sonderlich viel. Eigentlich konnte er sich überhaupt nicht erinnern, dass irgendwann einmal etwas nach seinem Sinne gelaufen wäre. Aber überdrüssig war er des Ganzen schon lange, und jetzt hatte vermutlich irgendwas oder irgendwer seine große Chance vermasselt.

Ihm war Boom eingefallen. Er wohnte in Haarlem, nicht so weit weg von Amsterdam. Taylor hatte kurzfristig beschlossen, sich seiner Dienste zu bedienen. Am Telefon hatte er ihm die offizielle Version mitgeteilt und ihn gebeten, doch mal Augen und Ohren offen zu halten. Der wusste, was er zu tun hatte. Auf ihn war Verlass, die ›Fighters‹ hatten öfter schon mal auf ihn zurückgegriffen.

Und so erhielt er in kürzester Zeit die Information, die er benötigte. Die schlimmsten Vermutungen bestätigten sich. Sein verdammter Plan hatte sich in Luft aufgelöst. Vier Tote gab es und das Geld war natürlich auch weg.

Er begann sich zu hassen, für seine Gutgläubigkeit und dafür, dass er eigentlich genauso war wie die anderen. Aber gleichzeitig machte er sich selbst wieder Mut. Er hätte das Geld ja gebraucht, um endlich die Flatter machen zu können. Er merkte, wie eine große Furcht von ihm Besitz ergriff.

Der Schluss, der ihn jetzt erwartete, würde final sein und er würde ihm nur unschwer ausweichen können. Obwohl, sie müssten sich anstrengen, die Wahrheit zu erfahren. Vielleicht hatte er doch noch eine Chance.

Er hatte das Bild einer Sanduhr vor Augen, deren Sand gerade erst zu rinnen begonnen hatte. Wie sollte er reagieren, was war zu tun? Er war ratlos. Vielleicht nach Deutschland flüchten, dort lebten bestimmt noch einige seiner Verwandten und Vorfahren. Darum hatte er sich nie gekümmert, aber möglicherweise als Steffen Schneider dort in seinem alten Beruf als Bankkaufmann arbeiten? Wieder unten anfangen? Verlockend war das nicht gerade, aber besser als tot zu sein allemal.

Momentan blieb ihm erst einmal nichts anderes übrig, als den Schein zu wahren und abzuwarten. Dann würde er weiter sehen.

27

Sie waren nur eine Stunde weggewesen. Aber in ihrer Abwesenheit hatte sich etwas getan. Das Sekretariat unterrichtete Aalmann gleich nach ihrer Rückkehr darüber, dass ein Herr Frohnde von der Kripo München nach ihm verlangt, und da er nicht da gewesen war um alsbaldigen Rückruf gebeten hatte.

Außerdem war ein Fax für ihn eingegangen, dass er auf dem Weg zum Büro noch im Hausflur lass.

»Hört mal«, sagte er zu Fabinger und Anke Bolko, die ihm mittlerweile vorausgingen. »Hier kommt sozusagen noch ein Postskriptum der Amsterdamer Polizei, das ein interessantes Detail enthält. Bei diesem Walters haben sie ein Handy in der Jackentasche gefunden, in dem einige Nummern gespeichert waren und auf dem Display war noch ein Anruf in Abwesenheit mit der entsprechenden Nummer gespeichert.«

»Es kam spät, aber es kam noch«, sagte Fabinger.

»Was?«

»Na ja, haben sich schon ein bisschen Zeit gelassen, damit. Oder habt ihr noch mit Neuigkeiten gerechnet?«

Aalmann schüttelte den Kopf.

»Nö.«

Aber in Gedanken war er bereits ganz woanders. Er hatte irgendwie eine Ahnung. Vor allem der letzte eingegangene Anruf interessierte ihn.

»Anke, bist du so nett«, er reichte ihr das Fax, »mach bitte eine Kopie und gib sie den Kollegen, die sollen mal rauskriegen, wem die letzte Nummer hier gehört. Erst mal nur die Letzte, muss irgendwo im Ausland sein.«

»Warum die nicht gleich mit dem Handy die Nummer mal angewählt haben?«, fragte Anke. »Warum einfach, wenn's auch schwer geht?«

Da hatte sie völlig Recht.

Sie verteilten sich auf ihre Büros. Aalmann griff sofort zum Telefon. Frohnde meldete sich nicht gleich, er wurde zweimal verbunden, dann hatte er ihn.

»Kommissar Aalmann, hier. Wir hatten heute Mittag kurz das Vergnügen miteinander ...«

»Jajajajaja, Herr Aalmann, ich weiß, ich weiß, ich weiß. Ihr Kollege Bäcker hat mich neulich bereits umfassend gebrieft und hier bei uns läuft derzeit, nicht zuletzt aufgrund der Informationen ihres Kollegen, auch einiges. Es gibt ein paar hohe Tiere bei den ›God's Fighters‹, das macht das Ganze besonders heikel und brisant. Nichtsdestotrotz einige Haftbefehle laufen in den USA bereits, allerdings meist gegen niedere Chargen. Mit ihrem Taylor stoßen wir in der Hierarchie dieses Vereins jetzt nach oben vor, der sitzt im Vorstand. Der Haftbefehl gegen ihn ist auch beantragt, international, aber das sind eh nur Formalien, wir agieren gemeinsam mit den amerikanischen Kollegen auch so schon. Uns stehen da ja ganz andere Kanäle offen, das können Sie sich ja denken.«

»Ja, natürlich.« Aalmann konnte sich nicht viel denken. Er fragte sich derzeit mehr, was mit dem nun auf einmal los war. Wie der plötzlich redete, der war ja nicht zu bremsen.

Kollege Bäcker, der Schlaumeier, der hatte ihm nichts davon erzählt, dass er den Münchner derart detailliert unterrichtet hatte. Geschadet hatte es offensichtlich nichts, im Gegenteil.

»Unter uns gesagt ... kann es eigentlich sein, dass Ihr Telefon vielleicht ...? Warten Sie einen Augenblick ...« Er hatte aufgelegt.

Aalmann begann zu Grübeln: ...abgehört wird? Hatte er das gemeint? Ein gewisses Gefühl der Sinnlosigkeit begann erneut von ihm Besitz zu nehmen. Wofür brauchte man sie hier eigentlich noch, wenn derart junge Schnösel ... Seine Gedanken wurden unterbrochen. Das Telefon klingelte und Frohnde war wieder am Apparat.

Im gleichen Augenblick brachte ihm Anke

Bolko das Ergebnis der Telefonnummernrecherche. Der letzte Anrufer auf Walters' Handy war ein gewisser Steve Taylor aus Minnesota. Unter anderen Umständen wäre diese Nachricht Gold wert gewesen, aber so?

»Tschuldigen Sie, reine Vorsichtsmaßnahme. Also, wo war ich stehen geblieben? Herr Aalmann, sind Sie dran?«

»Jaja, ich höre. Meine Kollegin bringt mir gerade ein weiteres Indiz für die Beteiligung von Steve Taylor ...«

»Taylor, ach ja. Genau, da waren wir. Also, ich rechne damit, dass es für ihn nur noch wenige Stunden in Freiheit gibt. Unsere amerikanischen Kollegen von der Sonderkommission dort genießen einen überaus guten Ruf, zudem hat ihre Arbeit bereits eine ganz andere Intensität als hier bei uns. Auch die Priorität ihrer Arbeit ist dort von der Regierung und auch vom Volke auf oberste Stufe gesetzt worden. Was erzähle ich Ihnen ... das wissen Sie ja selbst. Gut, ich unterrichte Sie vom Fortgang in dieser Sache, sobald es etwas Neues gibt.«

»Und dann?«, fragte Aalmann.

»Was, und dann?«

»Ja, ich würde gerne wissen, was dann passiert?«

»Ich bitte Sie, Herr Kriminalkommissar«, Frohnde wurde förmlich, »das muss ich Ihnen doch nicht erklären. Insofern ist mir Ihre Frage über die Maßen unverständlich. Er wird natürlich verhört, kommt in Haft und wird vor Gericht gestellt. Das war's dann, glaub ich. Ach so, ja, wenn es sie interessiert, könnte ich Ihnen mal ein detailliertes Infopapier über die ›Fighters‹ aufs Fax legen.«

»Danke, äh ... ja, das wäre sehr nett.«

»Tu ich gern. Also, bis in Kürze, denke ich.«

»Danke, ja. Auf Wiederhören.« Aalmann war perplex. Er wurde sich plötzlich bewusst, vielleicht doch eine scheinbar recht naive Vorstellung von moderner Polizeiarbeit zu haben. Dass er derart der polizeitechnischen Entwicklung hinterher hinkte, hätte er zwar vermuten können, bewusst wäre es ihm aber auch dann nicht gewesen. Das allerdings war jetzt offenkundig. Und das in seinem Alter. Mit seinen Lehraufträgen würde es bald auch vorbei sein.

Unlängst hatte man ihn im Café mit »junger Mann, Sie wünschen?« angesprochen. Da sollte er eigentlich doch up to date sein. Jetzt allerdings fühlte er sich sehr alt.

28

Gegen Abend auf dem Heimweg fuhr Anke Bolko zu ihrer Autowerkstatt. Ihr Wagen musste zu einer umfangreicheren Reparatur. Von dort nahm Aalmann sie in seinem Wagen zu ihrer Wohnung mit, die mehr oder weniger auf seinem Weg lag.

»Das wird wieder 'ne schöne Stange Geld kosten«, sagte sie als sie einstieg.

»So ein alter Mercedes ist aber auch 'n echter Luxus.«

»Ja, schon. Ich häng' halt dran.«

»Kann ich verstehen. Aber dann darfst du dich auch nicht beklagen. Stell ihn doch als Oldtimer irgendwo in eine Garage und kauf dir für den alltäglichen Gebrauch so 'ne kleine Kiste, Twingo oder diesen kleinen neuen Citroen. Die kleinen Franzosen sind so teuer nicht.«

»Fünfzehntausend muss ich aber sicher immer noch hinblättern. Das kann ich vergessen.«

»Für dreizehn kriegt man auch schon was. Kannst du doch auch finanzieren oder leasen. Macht doch heute jeder. Ich hab neulich gelesen, dass siebzig Prozent, wenn nicht noch mehr, aller Wagen die so herumfahren auf die Art finanziert sind. Die gehören zwar dann sozusagen mehr der Bank oder den Autogesellschaften selbst als dir, aber was soll's?«

»Da hast du eigentlich Recht. Eine Freundin hat auch so einen neuen Kleinwagen, die zahlt da monatlich wirklich nicht viel für.«

»Eben. Und mit Reparaturen ist bei den neuen noch nichts. Das Geld hast du in jedem Fall gespart. Vielleicht zahlt dir ja auch ein echter Liebhaber noch ein Sümmchen für den Benz, wenn du dich trennen könntest natürlich vorausgesetzt. Also, ich an deiner Stelle würd's mir überlegen.«

»Du bist ja auch nicht so 'n sentimentaler Mensch wie ich.«

»Ach, sag das nicht.«

Er ließ Anke Bolko direkt vor ihrer Haustür aussteigen und sah ihr noch eine Weile nach. Dann schaltete er das Radio ein, um die Nachrichten zu hören.

Die Flüchtlingssituation in den Anrainerstaaten Jugoslawiens wurde immer dramatischer. Die Russen beteiligten sich erfreulicherweise verstärkt an den Verhandlungsbemühungen. Der Vertreter Milosevics war seines Amtes enthoben worden, weil er lauthals Positionen verkündet hatte, die dem Boss nicht gefallen hatten.

Und die Nato machte weiter wie gehabt, sogar verstärkt werden sollten die Angriffe noch. Aalmann fragte sich, wie lange das so weitergehen würde. Wie lange konnte man denn überhaupt Angriffe verstärken? Da würde bald alles platt sein. Keine schönen Aussichten.

Sein Traum vom Freitagabend fiel ihm unvermittelt wieder ein. Noch immer wusste er nicht, woher dieses diffuse Bild stammte. Ein Vater, der sich und seiner Familie ein Ende bereitet. Jemand, der keinen anderen Ausweg mehr sieht. Der Anstecker möglicherweise ein Judenstern?

Als er in Richtung des Weserparks fuhr, fiel ihm die Anzeige einer neuen CD von Jim Hall und Pat Metheny ein. Er entschloss sich, noch kurz in den Plattenladen zu gehen und danach noch irgendwo einen Kaffee zu trinken. Neue Musik könnte er heute Abend gut gebrauchen. Ab und an musste man die Seele schließlich ein wenig baumeln lassen.

Dieses Traummotiv, verdammt, es begann ihn erneut zu beschäftigen. Entweder hatte er es auf einem Foto in den beschlagnahmten Unterlagen von Hansen gesehen. Obwohl er das mit dem nicht in Verbindung setzten konnte. Oder es war bei Maasberg gewesen.

Mit seinen Fällen hatte das wohl nichts mehr zu tun, sicher war er sich allerdings nicht. Bei Maasberg. Doch. Genau. Desto mehr er darüber nachdachte, desto sicherer war er sich.

29

Bevor er am nächsten Morgen ins Büro fuhr, nahm er einen kleinen Umweg auf sich. Warum auch immer, dieser Traum war ihm am Abend nicht mehr aus dem Kopf gegangen. Daher hatte er beschlossen, über Krögerdorf zu fahren und bei Maasberg kurz Station zu machen. Konnte nicht schaden.

Es war kurz vor halb neun am Dienstagmorgen, als er auf Maasbergs Hof seinen Wagen anhielt. Es schien alles noch sehr ruhig. Der Traktor war mitten auf dem Hof abgestellt, aber kein Mensch war zu sehen.

Aalmann rief laut nach Maasberg während er auf die Haustür zuschritt. Es rührte sich nichts.

»Herr Maasberg?«

Die Haustür war verschlossen. Er klingelte. Stabermann war's, der ihm öffnete.

»Guten Morgen, Herr Stabermann.«

»Morgen.«

»Ist Maasberg zu sprechen.«

»Nein, aber kommen Sie rein, Herr Kommissar. Vielleicht sprechen Sie mit seiner Frau.«

Stabermann ging voraus in die Küche und Aalmann folgte ihm. Frau Maasberg saß am Küchentisch. Aalmann merkte sofort, dass etwas nicht stimmte.

»Morgen, Frau Maasberg«, begrüßte er sie, »Aalmann von der Kripo, wir kennen uns noch gar nicht. Ich würde eigentlich gern kurz mit Ihrem Mann sprechen. Ist er nicht da?«

»Nein.« Sie brach sofort in Tränen aus. Ihm schien, dass es heute nicht zum ersten Mal war. »Er ist mit diesen Albanern gestern Abend auf und davon. Ein paar Tage würde es schon dauern, hat er gesagt. Ich war dagegen, aber er war nicht aufzuhalten. Eigentlich dürfte ich es Ihnen gar nicht erzählen, die taten alle furchtbar geheim. Ist mir aber egal. Das ist sowieso das reine Selbstmordkommando. Aber er meint, damit einer Pflicht genüge tun zu müssen. Was auch immer er sagen wollte, als er von Wiedergutmachung sprach.«

Dazu fiel Aalmann nun nichts ein. Sein Blick schwenkte zu Stabermann, dann durch den Raum. Der Hund war nirgendwo zu sehen. Stabermann nutzte die Gesprächspause um den Raum zu verlassen.

»Ich bin im Stall«, sagte er.

Dann fiel es Aalmann auf. Die ›betenden Hände‹ über dem Esszimmertisch. Bei seinem ersten Besuch waren sie ihm aufgefallen. Beim letzten Mal allerdings hingen sie nicht an diesem Platz. Hatte er nur unterbewusst diese Änderung wahrgenommen, weil er ihr keine Bedeutung beimaß? Andererseits, dieses Foto hätte er doch wahrnehmen müssen, wenn es dort gewesen war.

»Sagen Sie, was ganz anderes«, und er zeigte auf den Dürer, »hing dort kürzlich noch ein anderes Bild?«

Frau Maasberg schaute zur Wand und dann zu Aalmann. »Allerdings, dieses grauenhafte Foto. Walter hatte es dort aufgehängt. Aber es hing nur kurz dort. Dann müssen sie an dem Tag hier gewesen sein. Ich konnte es nicht ertragen und wusste auch nicht was es sollte. Ich habe es schnell wieder entfernt. Stutzig hat es mich allerdings schon gemacht.« Sie schien etwas gefasster.

»Wissen Sie, Herr Kommissar, Walter und ich, wir haben einiges durchgemacht, Sie kennen ja seine Geschichte. Da ist man als Ehefrau auch nach Jahren noch immer auf der Hut. Und wenn dann so etwas geschieht, wie dass er ein solches Foto hier aufhängt, dann beginnt man sofort wieder Schlimmes zu ahnen.«

Aalmann zweifelte an seinem Bewusstsein. Warum hatte er gerade solch einem auffälligen Bild keine Bedeutung beigemessen? Oder war es ihm nur als marginal erschienen? Und warum aber tauchte es dann so detailliert und doch verfälscht in seinen Träumen auf? Vielleicht war der Traum so etwas wie eine psychische Alarmleuchte gewesen.

»Dürfte ich dieses Bild noch einmal sehen?«

Frau Maasberg begann in einem Stapel Zeitungen zu kramen, der in ihrer Nähe auf der Küchenbank lag. Sie fand es recht schnell und gab es ihm.

»Benötigen Sie es noch, sonst würde ich es gerne mitnehmen?«

»Nein, nein. Nehmen Sie es ruhig mit. Ist besser, wenn es weg ist. Er hat mir erklärt, warum er dieses Bild aufbewahrt hat. Dieser Mann auf dem Foto konnte seine Schuld, die er auf sich geladen hatte, nicht mehr gut machen. Er hatte zuerst seine Familie und dann sich selbst erschossen. Walter sagte, dass er damals an diesem Punkt auch gestanden habe, so schuldbeladen hatte er keinen Sinn mehr gesehen. Wiedergutmachen konnte er auch nichts mehr. Aber irgendwann habe er sich gesagt, dass gerade das ihn dazu verpflichte, in Zukunft Gutes zu tun. Das sei dann der Wendepunkt in seinem Leben gewesen.«

Das Reden tat ihr gut. Es war ihr deutlich anzumerken.

»Also, verstehe ich das richtig, Ihr Mann ist mit den Albanern nach Jugoslawien gefahren?«

»Ja, genau. In den Kosovo. Hängt mit dem Krieg dort zusammen. Er sagte, dass sie was Gutes tun würden, er aber Genaueres nicht sagen dürfe. Ich glaube, er wollte mir nur die Angst nehmen. Sonderlich angenehm erschienen mir diese Männer nicht. Und warum haben sie tagelang schießen geübt? Zuerst wurde meine Frage immer übergangen und in den letzten Tagen hieß es dann: zur Selbstverteidigung, wenn sie dort runter fahren. Höchstens eine Woche, sagte er, dann sei er wieder hier.« Sie schnäuzte sich in ein Taschentuch.

»Was vermuten Sie?«

»Ich weiß es nicht. Aber ungefährlich ist es sicher nicht.«

Als er sich verabschiedet hatte und auf den Hofplatz trat, traf er auf Stabermann.

»Und was meinen Sie, was die dort vorhaben?«

»Ich weiß nichts Genaues, habe ihr gegenüber meine Vermutung auch nicht geäußert. Sie haben's ja gesehen, die ist nervlich ziemlich unten. Aber ich glaube, die wollen da unten den obersten Drahtzieher erledigen.«

»Das ist doch illusorisch!«, unterbrach ihn Aalmann.

»Wie viele Stunden die da im Keller verbracht haben! Eigentlich kann's anders gar nicht sein.«

»Und da, glauben Sie, hat Maasberg die Nerven für?«

»Gute Frage.«

Ein heftiger Wind blies stürmisch von Osten und der Mond war zu sehen. In Gedanken versunken fuhr Aalmann mit ziemlichem Tempo vom Hof.

Was war bloß los mit den Menschen? Er verstand sie nicht. Und diese UCK – waren das nun Freiheitskämpfer, Mitglieder einer illegalen Befreiungsarmee oder gar Terroristen? Er wusste es nicht.

30

Auf seinem Schreibtisch im Büro fand Aalmann einen umfangreichen Bericht, den Frohnde aus München ihm per Fax hatte zukommen lassen, über den er sich sogleich hermachte.

Einiges wusste er schon und einiges hatte er sich selbst zusammenreimen können, aber so schwarz auf weiß nahm das ganze einen offiziellen Charakter an.

Die ›God's Fighters‹ bestanden aus geschätzten zweihundert Mitgliedern, die sich größtenteils aus solidem amerikanischem Mittelstand rekrutierten. Die meisten hatten einen religiösen Hintergrund, Baptisten der strengeren Sorte zum Beispiel. Gottesfürchtige, stockkonservative und zu großen Teilen waffentragende Individuen, natürlich waren sie alle männlich.

Irgendwann war das Gedankengut der Rassisten und Rechten in ihre fundamentalistisch christlichen Köpfe gesickert.

Sie waren gegen Homosexualität, Feminismus, Abtreibung und hielten nichts von einer multikulturellen Gesellschaft. Ehen zwischen Schwarzen und Weißen waren verpönt. Sie waren aber auch gegen Einkommensteuern, Hypothekenzinsen und Schusswaffengesetze und ein entscheidender Punkt: sie sahen sich als Auserwählte, die gegen all das zu kämpfen hatten.

Den Staat, der sie dabei behindern mochte, hielten sie ebenfalls für gottlos. Von daher galt er ihnen nicht als Instanz, die ihnen auch nur irgendetwas zu sagen hätte.

Nach außen führten die einzelnen Mitglieder ein eher unauffälliges Leben. Aber die Vereinigung verfügte über Geld, das über die Jahre immer mehr geworden war.

Einige wirklich Kriminelle hatten es geschafft, sich einzelne wichtige Posten in der strengen Hierarchie zu sichern. Auch das hatte die Entwicklung weg von der Religion hin zur Kriminalität beschleunigt, obwohl es noch immer eine Art Richtungsstreit innerhalb der »Ältesten« der Organisation gab, der zuweilen Formen eines Glaubenskrieges anzunehmen drohte.

Natürlich machte sich kaum jemand selbst direkt strafbar. Für alle Delikte, mittlerweile waren es wohl meist vom Hass motivierte Verbrechen, bediente man sich einiger zweifelhafter Gestalten eher vom Rande der bürgerlichen Gesellschaft, deren kriminelle Energie beträchtlich und die, das war von Vorteil, meist noch nicht aktenkundig waren. Auch dies ausschließlich Männer, die ihren Hass auf die Gesellschaft in sich hineingefressen hatten, bislang nirgendwo aufgefallen waren, dann aber heftig reagierten.

Der Bericht zitierte eine Studie des amerikanischen Justizministeriums, die diese Täter als stark beeinflusst durch solche Gruppen mit durchaus terroristischem Gedankengut bezeichnete, sie aber als nicht der Organisation zugehörig ansah, was es erschwerte, sie dingfest zu machen. Sie agierten zwar im fremden Auftrag aber mehr oder weniger als Einzelkämpfer.

Richtig ins Blickfeld der Ermittlungsbehörden geraten waren die ›Fighters‹ als sie begannen via Internet verstärkt die Öffentlichkeit zu suchen. Hier tauchte dann auch der Name Taylor auf. Diese Aktivität fand ungefähr zeitgleich statt mit einer fatalen Entwicklung innerhalb der Hierarchie.

Die Organisation hatte einen jungen Mann aus einer ihr nahestehenden religiösen Familie rekrutiert, der seine Aufträge überaus ernstnahm: in den USA gingen vier Bombenanschläge auf sein Konto, unter anderem auf Homosexuellen-Bars sowie auf zwei Abtreibungskliniken, bei denen zwei Menschen getötet und mehr als hundert verletzt worden waren. Anschließend verschwand er.

Das FBI schaltete sich ein und setzte eine Million Dollar Belohnung aus auf Hinweise, die zu seiner Festnahme führen würden.

Der junge Mann wurde vom militanten Flügel der ›Fighters‹ fortan als Held gefeiert, was die Fronten zwischen den militanten und den religiösen Mitgliedern verhärtete, mit der Konsequenz, dass einige der Letzteren austraten und somit den Weg für eine aggressivere Politik freimachten. Immer mehr rechtes Gedankengut floss in ihre Vorstellungen ein.

Dann wurden sie plötzlich auch in Deutschland aktiv. Für die Behörden war mittlerweile völlig klar, dass die Anschläge auf jüdische Gräber in Berlin und auch auf eine historische Ausstellung in Saarbrücken auf das Konto der ›Fighters‹ und ihrer Handlanger ging.

Zahlreiche Namen wurden genannt und charakterisiert. Aalmann sagten sie alle nichts, außer eben Taylor. Er wurde als Einzelgänger und als eine nicht sonderlich charakterstarke Person beschrieben, die schwankend in Meinung und Überzeugung eher als ungefährlich galt.

Seine Internet-Aktivitäten allerdings waren deutlich von Rechtsbrüchen gekennzeichnet. Er schien mehr ein Schreibtischtäter zu sein, ein Drahtzieher im Hintergrund, der darauf aus war, Geld zu machen.

Taylor wurde als reisefreudig bezeichnet, da er außerdem so etwas wie einen Repräsentanten der ›Fighters‹ darstellte. Seine Verbindungen nach Deutschland wurden nicht erwähnt.

Maasberg konnte froh sein, dachte Aalmann. Wäre Hansen länger bei ihm geblieben, hätte der ihn womöglich auch noch irgendwie eingespannt. Hätte vielleicht auch auf religiös gemacht, um ihn auf der Schiene zum Überzeugungstäter zu machen. Möglich war alles. Aber ob das, was Maasberg jetzt treiben mochte, besser war? Da hatte er doch einige Zweifel.

Frohnde hatte am Ende handschriftlich noch beste Grüße mit auf den Weg gebracht.

Aalmann ging zum Kopierer, um für Fabinger und Anke Bolko den Bericht zu vervielfältigen und legte ihn anschließend auf ihre Schreibtische. Sie waren beide nicht da.

31

Taylor saß am Mittwochabend in seiner Wohnung unmittelbar neben einem großen Stapel Gepäck. Es war schon spät. Was ihn schon lange umgetrieben hatte, endlich Schluss zu machen mit den ›Fighters‹ und ein neues Leben zu beginnen, hatte ihn gemeinsam mit der akuten Lage zu seiner Entscheidung gebracht.

Dass er sie schon jetzt getroffen hatte, lag daran, dass er seinen Vorstandsmitgliedern einmal zuvorkommen wollte, auch wenn es sich dabei nur um seinen Austritt handelte. Bevor sie Genaueres erfuhren, wollte er verschwunden sein.

Er grübelte, ob er alles eingepackt hatte. Wie auf dem Weg in den Urlaub, ging er alles noch einmal im Geiste durch. Den größten Teil seiner Finanzen hatte er bereits in die Schweiz transferiert, den Teil für die laufenden Kosten hier – die Miete würde von seinem Konto noch eine Weile abgebucht werden – hatte er, ganz korrekter Geschäftsmann, dagelassen, das Konto zur Mitte des Jahres dann bereits gekündigt.

Er schlenderte noch einmal durch seine Wohnung, nahm hier und da noch einige kleine Teile aus Regalen und Schränken. Ansonsten war er überzeugt, nichts Wesentliches vergessen zu haben.

Eine gewisse Leichtigkeit befiel ihn, ein Gefühl, das er gar nicht mehr zu kennen geglaubt hatte.

Er hatte eine gute Entscheidung getroffen, dessen war er sich sicher. Er setzte sich in den bequemsten Sessel, legte die Füße hoch und bediente die Fernbedienung des Fernsehers, die auf dem Tisch gelegen hatte.

In morgendlicher Frühe würde es losgehen, das Taxi zum Flughafen war schon bestellt. Kurz stand er noch mal auf, um sich auf seinem Ticket der Flugverbindung zu vergewissern. Er steckte es zurück in seine Brieftasche und fläzte sich wieder in seinen Sessel.

Es dauerte nicht lange, da hatte ihn die Müdigkeit überwältigt. Ein länger andauerndes Hundegebell hatte er von draußen soeben noch wahrgenommen, dann hatte ihn der Schlaf übermannt.

32

Freitag, 29. Januar, kurz vor Mittag. Aalmann und Fabinger hatten am Morgen ein längeres Gespräch mit dem Bezirkskommissar und der Staatsanwältin geführt, das durchaus gut verlaufen war. Sie hatten aufgrund der Entwicklung der Fälle der letzten Zeit eigentlich mit anderem gerechnet. In froher Erwartung des nahenden Wochenendes standen sie in gelöster Stimmung im Flur vor ihren Büros und überlegten gerade, wo sie jetzt einen kleinen Imbiss einnehmen könnten. Eine Mitarbeiterin des Sekretariats kam auf sie zu und unterbrach sie.

»Für Sie, Herr Aalmann. Von einem Herr Frohnde, aus München, ein komischer Mensch ...«

»Warum? Was isses denn?« Aalmann las die Telefonnotiz.

»Na, der tat furchtbar wichtig, hatte wenig Zeit – ich verstand nicht sofort, was ich Ihnen sagen sollte – und da wurde er dann irgendwie ungemütlich.«

»Nicht die feine Art?«, konstatierte Fabinger nachfragend. Und zu Aalmann: »Was ist denn so wichtig?«

»Hier steht nur lapidar: ›Alea iacta est! Festnahme Taylor Donnerstagmorgen.‹«

»Die Würfel sind gefallen. Gestern also, na prima. Endlich vorbei der Spuk und das noch rechtzeitig zum Wochenende«, freute sich Fabinger.

»Das ist allemal wichtig.« Die Sekretärin ging kopfschüttelnd den Gang zurück.

»Was ist denn mit der los?«, flüsterte Fabinger, »keine Lust auf Wochenende und Sonnenschein?« Soviel Pflichtbewusstsein konnte nicht gesund sein.

»Sag mal«, ignorierte Aalmann grübelnd Fabingers Frage, »du hattest doch nie Latein. Woher kannst du dann ...?«

»Ach, das hast du bemerkt – da staun' ich aber. Jahrelange Asterix-Lektüre. Und da staunst du, was? – Möchtest du jetzt vielleicht 'nen Kaugummi?« Er hielt ihm die Packung hin.

Aalmann ging ohne zu antworten ins Büro, schloss die Tür hinter sich, steckte sich eine Zigarette an und atmete tief ein. Es war seine letzte. Er durfte nicht vergessen, auf dem Heimweg beim Tabakwarenladen Halt zu machen.

ENDE

Weitere Krimis finden Sie auf den folgenden Seiten und im Internet:
www.gmeiner-verlag.de

Alfred Bekker
Münster-Wölfe

229 Seiten, 11 x 18 cm, Paperback.
ISBN 3-89977-626-7. € 9,90.

Tatort: Ein altes Mietshaus in Münster. Michael Hellmer schreibt unter dem Pseudonym Mike Hell Groschenromane. Ein Stromausfall, der seinen Computer lahm legt, vernichtet die letzten Seiten seines Western-Romans »Gnadenlose Wölfe«. Ursache ist der Fön eines Mannes, der bereits seit einer Stunde tot in seiner Badewanne liegt …
Damit beginnt für Hellmer eine Kette aberwitziger Verwicklungen. Ein inkompetenter Kommissar verdächtigt ihn und so hat Hellmer bald nur noch eine Wahl: Die Sache selbst aufzuklären!

Wimmer Wilkenloh
Hätschelkind

419 Seiten, 11 x 18 cm, Paperback.
ISBN 3-89977-623-2. € 9,90.

Im Watt vor St. Peter Ording wird eine Frauenleiche gefunden, die aber wieder verschwindet.
Gleichzeitig taucht in Husum ein unbekannter Roman von Theodor Storm auf. Kurz darauf wird der Vorsitzende der Storm-Gesellschaft mit einem Herzschuss niedergestreckt und auch ein Journalist lebt nicht viel länger.
Hauptkommissar Jan Swensen, praktizierender Buddhist, tappt mit seinem Team im Dunkeln. Erst als er eines Abends erneut den »Schimmelreiter« liest, kommt er dem Mörder auf die Spur. Mit buddhistischer Weltsicht, psychologischer Unterstützung und Computertechnik gelingt es Jan Swensen Licht ins Dunkel zu bringen …

KRIMI IM GMEINER-VERLAG

KRIMI IM GMEINER-VERLAG

Angelika Schröder
Mordswut

276 Seiten, 11 x 18 cm, Paperback.
ISBN 3-89977-628-3. € 9,90.

Ein Arzt wird zwei Tage vor seiner Hochzeit ermordet. Seine Verlobte, eine Lehrerin, findet die Leiche und erleidet einen psychischen Schock, sodass sie tagelang nicht vernehmungsfähig ist. Für Kommissar Klaus Kersting von der Kripo Hagen ist sie die einzige Verdächtige. Doch ihre Kollegin Helga Renner kann das nicht glauben und recherchiert zusammen mit ihrer Freundin Ali, der Elternvorsitzenden, im Umfeld des Arztes, wobei die beiden Frauen nicht nur ein dunkles Geheimnis aufdecken …

Claudia Puhlfürst
Leichenstarre

419 Seiten, 11 x 18 cm, Paperback.
ISBN 3-89977-639-9. € 9,90.

Eine fünfzehnjährige Schülerin aus Zwickau wurde vergewaltigt und erwürgt. Ihr Vater – in dem festen Glauben, seine Tochter sei auch dieses Mal wieder bei Freunden untergetaucht – beauftragt Tage später um seine Frau zu beruhigen, die beiden Privatdetektive Doreen und Norbert mit der Suche.
Während diese im Umfeld des Mädchens ermitteln, gerät eine weitere Schülerin in das Blickfeld des soziopathischen Täters. Gleichzeitig fallen diesem die Recherchen der Detektive auf und als sie ihm immer näher kommen, beschließt er, den Nachforschungen ein Ende zu bereiten und einen »kleinen Unfall« zu inszenieren.

GMEINER-VERLAG

www.gmeiner-verlag.de

Veronika Kramer
Rachesommer

276 Seiten, 11 x 18 cm, Paperback.
ISBN 3-89977-627-5. € 9,90.

Lea Winter lebt in Olsberg, einer kleinen verträumten Stadt im Hochsauerland. Nachdem sie als Journalistin geschasst wurde, weil sie dem »Filz« in ihrem Heimatort in hartnäckiger Weise auf die Spur gekommen war, will sie in einer Waldhütte nahe Olsberg einen Krimi schreiben.
Als jedoch dort eines Tages der Bürgermeister verschwindet, ist Leas journalistischer Urinstinkt wieder geweckt. Und ohne es zu ahnen wird sie selbst in einen Kriminalfall hineingezogen, der sie in eine ihr fremde Welt führen soll. Die Spur führt nach Paderborn …

Mona Misko
Kindsblut

326 Seiten, 11 x 18 cm, Paperback.
ISBN 3-89977-629-1. € 9,90.

Die Journalistin Anke bekommt anonym drei rote Kladden zugeschickt, die über das Leben in einer satanischen Sekte berichten. Kurz darauf werden vier Babys entführt.
Bei ihren Recherchen stößt Anke auf eine solche Sekte in Berlin. Welche Rolle spielt hierbei die schwangere Cara, die offensichtlich Verbindungen zu satanischen Kulten hat? Und vor wem ist sie auf der Flucht? Da Anke hinter den Ereignissen eine große Story wittert, verfolgt sie die Hinweise unbeirrt weiter und bringt nicht nur sich selbst in Lebensgefahr …

KRIMI IM GMEINER-VERLAG

Ihre Meinung ist gefragt!

Mitmachen und gewinnen

Als der Spezialist für Themen-Krimis mit Lokalkolorit möchten wir Ihnen immer beste Unterhaltung bieten. Sie können uns dabei unterstützen, indem Sie uns Ihre Meinung zu den Gmeiner-Krimis sagen!

Füllen Sie den Fragebogen auf www.gmeiner-verlag.de aus und nehmen Sie automatisch am großen Jahresgewinnspiel teil. Es warten »spannende« Buchpreise aus der Gmeiner-Krimi-Bibliothek auf Sie!

Die Gmeiner-Krimi-Bibliothek

KRIMI IM GMEINER-VERLAG

Das neue Krimijournal ist da!

2 x jährlich das Neueste
aus der Gmeiner-Krimi-Bibliothek

KRIMI Journal
Nr. 2 · 1/2005

Des Teufels Advokat
Ein Justizkrimi um das perfekte Alibi

Dem »Brummton« auf der Spur
Zum 100. Geburtstag der Relativitätstheorie

TRUGSCHLUSS

ISBN 3-89977-950-9
kostenlos

In jeder Ausgabe:

- Vorstellung der Neuerscheinungen
- Hintergrund-informationen zu den Themen der Krimis
- Interviews mit den Autoren und Porträts
- Allgemeine Krimi-Infos (aktuelle Krimi-Trends, Krimi-Portale im Internet, Veranstaltungen etc.)
- Die Gmeiner-Krimi-Bibliothek (Gesamtverzeichnis der Gmeiner-Krimis)
- Großes Gewinnspiel mit »spannenden« Buchpreisen

Erhältlich in jeder Buchhandlung oder direkt beim:

Gmeiner-Verlag
Im Ehnried 5
88605 Meßkirch
Tel. 0 75 75/20 95-0
www.gmeiner-verlag.de

KRIMI IM GMEINER-VERLAG

Die Gmeiner-Krimi-Bibliothek

Alle Gmeiner-Autoren und ihre Krimis auf einen Blick

Anthologien: Spekulatius (2003) • Streifschüsse (2003)
Artmeier, H.: Schlangentanz (2004) • Drachenfrau (2004)
Baecker, H.-P.: Rachegelüste (2005)
Bekker, A.: Münster-Wölfe (2005)
Bomm, M.: Trugschluss (2005) • Irrflug (2004) • Himmelsfelsen (2004)
Buttler, M.: Herzraub (2004)
Emme, P.: Pastetenlust (2005)
Franzinger, B.: Dinotod (2005) • Ohnmacht (2004) • Goldrausch (2004) • Pilzsaison (2003)
Gardener, E.: Lebenshunger (2005)
Gokeler, S.: Supergau (2003)
Graf, E.: Nashornfieber (2005)
Haug, G.: Gössenjagd (2004) • Hüttenzauber (2003) • Finale (2002) • Tauberschwarz (2002) • Höllenfahrt (2001) • Todesstoss (2001) • Sturmwarnung (2000) • Riffhaie (1999) • Tiefenrausch (1998)
Klewe, S.: Schattenriss (2004)
Klugmann, N.: Schlüsselgewalt (2004) • Rebenblut (2003)
Kramer, V.: Rachesommer (2005)
Kronenberg, S.: Pferdemörder (2005)
Leix, B.: Bucheckern (2005)
Mainka, M.: Satanszeichen (2005)
Matt, G. / Nimmerrichter, K.: Schmerzgrenze (2004) • Maiblut (2003)
Misko, M.: Kindsblut (2005)
Nonnenmacher, H.: Scherlock (2003)
Puhlfürst, C.: Leichenstarre (2005)
Schmöe, F.: Maskenspiel (2005)
Schröder, A.: Mordswut (2005) • Mordsliebe (2004)
Schwarz, M.: Dämonenspiel (2005) • Grabeskälte (2004)
Stapf, C.: Wasserfälle (2002)
van den Bosch, J.: Wintertod (2005)
Wark, P.: Ballonglühen (2003) • Absturz (2003) • Versandet (2002) • Machenschaften (2002) • Albtraum (2001)
Wilkenloh, W.: Hätschelkind (2005)